W0025827

Marliese Arold

Magische Sechzehn

arsEdition

Bibliografische Information der Deutschen Nationalbibliothek
Die Deutsche Nationalbibliothek verzeichnet diese Publikation
in der Deutschen Nationalbibliografie;
detaillierte bibliografische Daten sind im Internet über
http://dnb.d-nb.de abrufbar.

5 4 3 2 1   16 15 14 13 12

Covergestaltung: Romy Pohl, Innengestaltung: Sandra Stefan
unter Verwendung von Bildmaterial von © www.fotolia.de: fox 111184,
© gettyimages/thinkstock
Illustration Auge: Petra Schmidt
Text: Marliese Arold, Seite 84: Ausschnitt aus dem Gedicht „The Raven"
von Edgar Allan Poe
Vignetten: Marliese Arold

Umschlagmaterial: Sharade® Lino Gun Metal von
WINTER & COMPANY GmbH, D-79540 Lörrach

ISBN 978-3-7607-8467-0

www.arsedition.de

Die Zeit naht.
Sie werden sechzehn Jahre alt.
Ihre Kräfte müssten sich allmählich entfalten.

Aus den Aufzeichnungen des Severin Skallbrax

Das Tattoo

Piep piep – piep piep – piep piep – piep piep …

„Oh nein!“ Victoria wälzte sich mühsam vom Bauch zur Seite und tastete nach dem Wecker. Wo war denn das blöde Ding? Da, der Knopf. Endlich Schweigen.

Victoria gab einen zufriedenen Laut von sich und bettete ihren Kopf wieder auf das Kissen. Schwarze Seide. Ihre Mutter hatte sich schrecklich über die Bettwäsche aufgeregt. Aber Victoria liebte Schwarz. Am liebsten hätte sie die Wände ihres Zimmers schwarz gestrichen, doch Mum hatte gedroht, sie rauszuwerfen, wenn sie das tat. Victoria seufzte. Sie blinzelte. Ein paar Sonnenstrahlen stahlen sich durch die Ritzen ihrer Jalousie und wärmten ihren Arm.

Victoria genoss das Gefühl. Dann bewegte sie ihren Arm, und ihr Blick landete auf einem Drachentattoo, das ihre rechte Schulter und den Oberarm zierte.

Sie brauchte einige Sekunden, um zu begreifen, was sie da sah. Es war ein wunderschönes Tattoo. So eines hatte sie sich schon lange gewünscht, und inzwischen hatte sie das Geld dafür fast zusammen.

„Moment!“

Victoria schnellte hoch und starrte ungläubig ihren Arm an. Sie wischte mit dem Finger darüber. Es war echt, kein

Fake. Ein Drache, mit vier Füßen und rotem Auge, den edlen Kopf nach rechts gedreht. Die Schwanzspitze endete kurz vor ihrer Ellenbeuge. Perfekt!

Aber warum zum Teufel konnte sich Victoria nicht daran erinnern, wie sie sich das Tattoo hatte stechen lassen?

Sie schwang die Beine über die Bettkante und kämpfte dabei gegen das aufsteigende Panikgefühl an.

Gedächtnislücke? Filmriss? Hatte ihr jemand Drogen gegeben? Oder war sie einfach noch gar nicht wach, sondern träumte ihren Traum weiter?

Draußen zwitscherten die Vögel. Spatzen balgten sich laut in der Kastanie vor ihrem Fenster. Victoria stand auf, zog die Jalousie hoch und atmete tief die Morgenluft ein. Die Kastanie blühte, Victoria roch den Duft. Bienen summten um die rosa Blütenstände.

Alles wie immer. Ganz normal und sehr real.

Victoria drehte sich um und betrachtete die Wand über ihrem Schreibtisch. Dort hing ein riesiges Bild, genauer eine große Schwarz-Weiß-Fotografie. Sie zeigte Victoria mit ihren schwarzen Haaren und den stark geschminkten Augen, bleich wie ein Vampir, in Gothic-Klamotten, eine schwarze Braut. Ruben, ein Junge aus der Zwölften, hatte das Bild gemacht. Er war ein toller Fotograf und wusste, worauf es ankam.

Victorias Blick wanderte weiter, zu der Schatulle, in der sie ihren Silberschmuck aufbewahrte. Sie trat an den Tisch und fing an, ihre Lieblingsringe überzustreifen. Alles fühlte sich völlig normal an. Sie betrachtete sich im Spiegel. Ein wenig zerknautscht sah sie aus, das war alles. Das kur-

ze schwarze Nachthemd mit den Spaghettiträgern trug sie am liebsten. Keine dicken Lider von irgendwelchen Alkoholexzessen. Warum also dann der Filmriss?

Das Tattoo war auch im Spiegel gut zu sehen. Saubere Arbeit, tadellos gestochen. Einer Eingebung folgend, stürzte Victoria zu ihrer Nachttischschublade, zog sie auf und holte die silberne Dose heraus, in der sie ihr Erspartes aufbewahrte. Die Dose war leer, das Geld weg.

Klar, so ein Tattoo bekam man ja nicht umsonst.

Victoria stellte die Dose zurück. Noch einmal strengte sie ihr Gehirn an, aber da war nicht die klitzekleinste Erinnerung. Sie wusste natürlich, wo der Tattoo-Laden war und wie er aussah. Aber sie hätte schwören können, dass sie nicht dort gewesen war, um sich ein Drachentattoo stechen zu lassen!

„Mann, das ist ja völlig verrückt!" Sie schüttelte ihren Kopf, dann stürzte sie ins Badezimmer. Aber selbst unter der heißen Dusche ließ sich das ungute Gefühl nicht abschütteln, dass irgendetwas nicht stimmte. Eigentlich waren ihre Gedanken klar, und auch ihr Verstand schien einwandfrei zu funktionieren. Sie fühlte sich weder krank, noch war sie verkatert. Trotzdem wäre sie am liebsten aus der Haut gefahren, weil sie die Erinnerung nicht abrufen konnte. Sie trat aus der Dusche, trocknete sich ab und nahm sich vor, über Gedächtnisverlust so schnell wie möglich im Internet zu recherchieren. Eigentlich müsste auch ihre Mutter etwas zu dem Thema beisteuern können, denn sie war Medizinerin, genauer: Chirurgin, und zwar eine sehr gute.

Doch irgendetwas hielt Victoria davon ab, sie um ihren Rat zu fragen. Sie stellte sich das Gespräch wie folgt vor.

„Hallo, Mum, du, ich habe ehrlich gesagt keine Ahnung, wann ich dieses Tattoo bekommen habe. Hat das was Schlimmes zu bedeuten? Ich meine, bin ich jetzt krank oder verrückt oder so? Mir fehlen ein paar Stunden aus meinem Leben. Die sind wie weggeschnitten."

No. So ging es auf keinen Fall.

Außerdem fehlten ihr keine Stunden. Sie konnte sich noch genau an den gestrigen Tag erinnern. Bis mittags war sie in der Schule gewesen, danach zwei Stunden im Park, wo sie Musik aus ihrem iPod gehört hatte, während ihre Freundin Estelle ihre halsbrecherischen Parkour-Übungen absolvierte. Gegen vier hatte Victoria genug gehabt und war noch ins Einkaufszentrum gegangen, um nach Klamotten zu schauen. Aber sie hatte nichts gefunden, was ihrem momentanen Geschmack entsprach. Die kleine Gothic-Boutique „Devil's End" hatte leider vor einem Monat dichtgemacht, der Laden stand noch immer leer. Frustriert war Victoria nach Hause gegangen, hatte ein paar Hausaufgaben erledigt und sich dann mit ihrer Freundin Mary-Lou vor dem Kino getroffen. Es war Dienstag, Kinotag, da kostete der Eintritt nur die Hälfte.

Sie hatten sich den neuesten Streifen mit Orlando Bloom in der Originalfassung angesehen, und beide waren sich einig gewesen, dass er schon in besseren Filmen mitgespielt hatte. Danach waren sie noch kurz auf eine Cola und ein Kräuterbaguette ins Bistro gegangen, dann nach Hause. Das war's. Keine Zeit für ein Tattoo, absolut nicht.

Mit der Überzeugung, dass mit ihrem Kopf doch noch alles in Ordnung war, verließ Victoria das Badezimmer. Aus dem Erdgeschoss zog der Duft nach Kaffee und Aufbackbrötchen herauf. Victoria lief die Treppe hinunter und spürte, wie hungrig sie war. Sie fand es ausgesprochen nett von ihrer Mutter, dass sie Frühstück gemacht hatte, obwohl sie gerade von der anstrengenden Nachtschicht zurückgekommen war und sich wahrscheinlich nach ihrem Bett sehnte.

Susanne Bruckner saß am Küchentisch und schenkte sich gerade eine Tasse Kaffee ein, als Victoria den Raum betrat. Sie hatte die Lesebrille in die Haare geschoben. Auf der Tischkante lag die Tageszeitung.

„Hallo, Mum!" Victoria küsste ihre Mutter auf die Wange. „Fein, dass wir zusammen frühstücken."

„Hallo, Liebes! Ich möchte wenigstens etwas Zeit mit dir verbringen, wenn wir uns schon so wenig sehen."

Victoria ließ sich auf einen Stuhl fallen. Sie fand, dass ihre Mutter müde aussah. In ihr blondes Haar schlichen sich die ersten grauen Strähnen ein, dabei war sie erst zweiundvierzig.

„Schlimme Nacht gehabt?" Victoria angelte nach der Kaffeekanne.

Ihre Mutter nickte. Victoria registrierte, wie ihr Blick an dem Drachentattoo hängen blieb, aber sie verlor keine Bemerkung darüber.

Mum kennt den Drachen!

„Gestern Abend hat es einen schrecklichen Unfall gegeben, gegen acht Uhr, auf der Hauptstraße. Ein Motorradfahrer ist von der Fahrbahn abgekommen. Es hat ihn schwer erwischt, wir mussten sofort operieren. Keine Ahnung, ob er durchkommt." Frau Bruckner seufzte. „Es kann sein, dass du ihn kennst, er ist an deiner Schule. Armer Kerl."

„Wie heißt er?", fragte Victoria. Sie musste sich dazu zwingen, nicht dauernd an das Tattoo zu denken.

„Stefan Auer."

Victoria zuckte zusammen. Natürlich kannte sie Stefan. Er war schon achtzehn, fuhr seit Kurzem immer mit einer gebrauchten Honda zur Schule und Mary-Lou stand total auf ihn.

„Ist er ... ist es ... wie schlimm ist es denn?"

„Es steht auf der Kippe. Seine Verletzungen sind lebensgefährlich. Er liegt jetzt im künstlichen Koma. Wir haben alles getan, was wir konnten." Frau Bruckner biss in ein Brötchen. Die Marmelade kleckerte auf den Teller. „Hast du deine Schulsachen gepackt?"

„Klar." Seit Jahren die gleiche Frage beim Frühstück.

„Auch die Sportsachen?"

„Sport?" Victorias Augenbrauen schnellten in die Höhe.

„Na, heute ist doch Freitag", erwiderte ihre Mutter. „Oder fällt Sport aus?"

„Nein, aber ..." Freitag? Wenn gestern Dienstag war? Mum musste sich irren! „Heute ist Freitag?"

„Sicher ist heute Freitag. Was denkst du denn? Das Wochenende steht vor der Tür! Sonst kannst du es doch kaum erwarten."

„Oh", machte Victoria zerknirscht. „Es ist ... gestern etwas später geworden, ich bin noch nicht so ganz wach."

Hiiiilfe, Mum! Ich kann mich an die letzten beiden Tage nicht erinnern. Was ist nur los mit mir?

„Kind, du bist ganz blass. Was ist los?"

„Nichts ... äh ... doch ... dieser schreckliche Unfall ... Das nimmt mich ziemlich mit, weißt du."

„Ich hätte dir besser nichts davon erzählen sollen. Jedenfalls nicht beim Frühstück. Jetzt iss etwas, Liebes, sonst kommst du noch zu spät zur Schule." Susanne Bruckner schlug die Zeitung auf.

Victoria verrenkte sich fast den Hals, um aufs Datum zu schielen.

„Ist was, Victoria?"

„Oh ... Gibst du mir auch ein Stück Zeitung?"

Susanne runzelte die Stirn. „Die liest du doch sonst nicht beim Frühstück."

„Nur den Wirt... den Wirtschaftsteil, ich muss was nachschauen für die Schule."

Umständlich suchte Susanne Bruckner den gewünschten Teil heraus und reichte ihn Victoria. Victorias Blick glitt sofort zum Datum.

Freitag, 17. Mai.

Ihr Herz setzte einen Schlag aus und die Buchstaben verschwammen vor ihren Augen. Die Aktienkurse tanzten auf und ab.

Warum konnte sie sich an die letzten beiden Tage nicht erinnern? Warum fehlten die nur komplett in ihrem Gedächtnis?

Victoria hatte das Gefühl, sich gleich übergeben zu müssen. Sie sprang auf, rannte aus der Küche und stürmte auf die kleine Gästetoilette, die sich gleich neben dem Eingang befand. Sie hielt ihr Gesicht über die Klobrille, aber sie musste nur zweimal würgen, ohne dass etwas kam. Nach und nach beruhigte sich ihr Magen wieder, aber sie zitterte am ganzen Körper.

„Victoria, bist du okay?“ Ihre Mutter klang besorgt, sie klopfte von außen an die Tür.

„Alles in Ordnung, Mum.“

Dabei war nichts in Ordnung, einfach gar nichts. Es konnte nichts Gutes bedeuten, wenn man sich an zwei Tage nicht erinnern konnte. Das war einfach nicht normal!

Wieder stieg die Panik in ihr hoch, eine heiße und zugleich kalte Welle. Sie verhinderte das klare Denken.

„Ist wirklich alles in Ordnung mit dir, Victoria?“, fragte ihre Mutter noch einmal.

„Ja, Mum, mach dir keine Sorgen. Ich komme gleich.“

Victoria ließ kaltes Wasser über ihre Hände und ihr Gesicht laufen, wieder und wieder, bis der Panikanfall nachließ und sie sich beruhigte.

Die Wimperntusche hatte sich aufgelöst. Von wegen wasserfest. Auf den Wangen zeigten sich schwarze Streifen. Victoria rubbelte ihr Gesicht mit dem Gästehandtuch sauber. Jetzt waren die dunklen Flecken an dem Tuch. Victoria streckte ihrem Spiegelbild die Zunge heraus, dann verließ sie die Gästetoilette und kehrte in die Küche zurück, wo ihre Mutter mit besorgter Miene auf sie wartete.

„Was war denn los?“

„Ich dachte, ich muss kotzen.“

Ihre Mum zog die Augenbrauen hoch, was Victoria

gleich mit einem pampigen „Nein, ich bin nicht schwanger!“ quittierte. Sie setzte sich hin und schmierte aus reinem Trotz dick Schokoladencreme auf ein Brötchen.

Aber dann konnte sie doch nichts essen. Keinen Bissen.

Frau Bruckner stand auf und räumte das benutzte Geschirr in die Spülmaschine. „Ich leg mich dann mal hin“, sagte sie. „Ich kann kaum noch die Augen offen halten – trotz des Kaffees. Es war wirklich eine anstrengende Nacht.“ Sie streckte sich einen Moment, drückte seufzend ihr Kreuz durch und ging dann zur Tür.

„Nacht, Mum. Schlaf gut.“

„Danke, Victoria. Bis später.“

Victoria hörte, wie ihre Mutter die Treppe hochging. Sie biss sich auf die Lippe. Nein, bitte kein neuer Panikanfall! Sie schenkte sich Kaffee nach, schaute zur Uhr und spurtete dann noch einmal hoch in ihr Zimmer, um Schulrucksack und Sporttasche zu holen. Beides stand bereits neben der Tür. Victoria stutzte. Die Sportsachen waren gepackt? Und auch die richtigen Bücher für Freitag? Dann musste sie das gestern Abend getan haben. Und das hieß, dass sie gestern Abend noch im Vollbesitz ihrer geistigen Kräfte gewesen war.

Was ist heute Nacht geschehen?

Es war zum Wahnsinnigwerden.

Die Haustür fiel hinter Victoria ins Schloss. Das Geräusch klang wie immer. Auch Victorias Schritte auf dem Kiesweg hörten sich an wie gewohnt. Ein herrlicher, vollkommener Frühlingsmorgen.

Victoria presste die Lippen zusammen und beschleunigte

ihren Schritt. Sie musste den Bus erwischen. Ihr Magen fühlte sich an, als sei er mit Zement gefüllt, obwohl sie ja nichts gegessen hatte. Mechanisch setzte sie die Füße voreinander, öffnete das Gartentor und schloss es hinter sich. Wie jeden Tag. Als wäre alles ganz normal. Dabei war nichts mehr normal …

Der Bus war pünktlich, und Victoria musste die letzten Meter rennen, um ihn noch zu erwischen. Sie stieg in der Mitte ein und setzte sich ganz nach hinten.

Mary-Lou begrüßte sie mit einem freundlichen Grinsen. Aus ihren Ohrstöpseln drang Musik. Ihre flammend roten Haare kamen Victoria noch kürzer vor als sonst.

„Warst du schon wieder beim Frisör?"

Mary-Lou zog einen Ohrstöpsel aus dem Ohr. „Nein, selbst gemacht. Ich habe jetzt so einen Kurzhaarschneider. Spart einen Haufen Geld. Hey, aber habe ich dir das nicht schon gestern erzählt?"

„Sorry, aber ich stehe heute irgendwie neben mir", murmelte Victoria.

Mary-Lou grinste breit und ließ ihren Kaugummi schnalzen. „Zu viel gebechert gestern?"

„Wenn's das wäre." Victoria seufzte.

„Alles klar bei dir?", fragte Mary-Lou misstrauisch.

Victoria nickte automatisch. Hatte ihr vielleicht gestern Abend jemand K.-o.-Tropfen ins Glas geträufelt? Konnte sie sich deswegen an nichts mehr erinnern? Aber warum waren dann gleich zwei ganze Tage gelöscht? Sie fand einfach keine Erklärung dafür.

„Hallo, Erde an Victoria!" Mary-Lou winkte vor ihren

Augen. „Jemand zu Hause? Ich habe dich gefragt, ob du glaubst, dass wir heute in Bio eine Arbeit schreiben. Der Ritter hat doch eine Vorliebe, seine unangekündigten Tests freitags zu schreiben, damit einem auch ja das Wochenende versaut ist."

„Bio?", wiederholte Victoria lahm. Hatte sie das Biobuch überhaupt eingepackt? Oh ja, doch, ein Zombie hatte ja am Donnerstagabend die richtigen Bücher in Victorias Rucksack gestopft. Sie seufzte. „Mary-Lou, ist es dir schon mal passiert, dass du Sachen nicht mehr weißt, die du eigentlich wissen müsstest?"

„Das passiert mir doch ständig." Mary-Lou ließ ihren Kaugummi ploppen. „Besonders in Bio. Das mit dem Gen-Zeugs kapier ich einfach nicht, es ist so kompliziert. Das kann ich mir tausendmal durchlesen. Diese komischen Spiralen und so. Und dann solche Wörter wie *Desoxyribonukleinsäure* ... Dabei ist das Thema eigentlich spannend. Vor allem, wenn es ums *Klonen* geht. Ist es nicht total verrückt, dass der Klon viel kürzer lebt als das Original? Dass man praktisch die Jahre von seiner Lebenszeit subtrahieren muss, die das Original bis zum Zeitpunkt des Klonens schon gelebt hat? Irgendwie fies, finde ich ... So als wollte die Natur nicht, dass man ihr ins Handwerk pfuscht."

„Hm", machte Victoria nur. Sie hatte nicht zugehört.

Wie können mir zwei Tage fehlen? Ich muss mich doch erinnern können, muss, muss, muss!

„Hey", Mary-Lou stieß sie mit dem Ellbogen an, „was ist los mit dir? Irgendetwas stimmt doch nicht. Ich kenne dich schließlich ..."

„Ich habe Angst", stieß Victoria hervor. „Verdammte Angst."

Mary-Lou zog die dünn gezupften Augenbrauen hoch. „Wovor? Was ist passiert? Du kannst mir alles sagen, hey, vielleicht kann ich dir helfen! Macht dir jemand aus der Szene Ärger?"

Victoria schüttelte wieder den Kopf. Sie tippte auf ihr Tattoo. „Kannst du dir vorstellen, dass ich mich ... heute Morgen nicht mehr daran erinnern konnte, dass ich mir das Tattoo habe stechen lassen?"

Nanu! Der Drache kam ihr verändert vor. Seine Augenfarbe war nicht mehr rot, sondern orange!

„Na ja, okay, vielleicht hast du es ja verdrängt, wegen der Schmerzen beim Stechen oder so", überlegte Mary-Lou. „Die Erinnerung blendet manchmal unangenehme Dinge aus."

„Dann muss in den letzten beiden Tagen etwas Schlimmes passiert sein", flüsterte Victoria. „Mary-Lou, mir fehlen zwei Tage! Heute Morgen habe ich geglaubt, es sei Mittwoch. Ich kann mich nicht erinnern, was am Mittwoch und am Donnerstag war. Totaler Blackout. Achtundvierzig Stunden sind aus meinem Gedächtnis gelöscht, einfach so!"

Mary-Lou starrte sie an, als käme sie von einem anderen Stern. „Krass", sagte sie dann.

„Ich habe langsam das Gefühl, ich verliere den Verstand, ehrlich ...", murmelte Victoria.

„Ach, Unsinn", sagte Mary-Lou. „Es gibt tausend Gründe, warum du dich nicht erinnern kannst. Ein Schock vielleicht! Irgendetwas, was dir gestern Abend passiert ist. Bist du wieder mit deinen Leuten unterwegs gewesen?"

„Ich weiß es doch nicht ..."

„Ach so, klar. Sorry." Mary-Lou wandte den Kopf und blickte aus dem Busfenster.

Was ist gestern Abend passiert? Habe ich etwas Schlimmes beobachtet? War ich vielleicht in einen Unfall verwickelt und bin auf den Kopf gefallen oder so? Gehirnerschütterung, Schleudertrauma, Filmriss – vielleicht gab es eine ganz natürliche Erklärung ... Aber hätte sie da nicht Schmerzen haben müssen? Oder bei K.-o.-Tropfen zumindest einen dicken Kopf?

Sie hatte nicht einmal einen auffallenden blauen Fleck. Sehr mysteriös!

Da fiel ihr wieder der Unfall ein, von dem ihre Mutter gesprochen hatte. Das Motorrad ...

„Weißt du, was mir meine Mutter heute erzählt hat?", fragte Victoria.

Mary-Lous Kopf fuhr herum. „Na, spann mich nicht auf die Folter!"

„Stefan Auer ... Er ... er hatte einen schlimmen Unfall. Meine Mum sagt, er liegt nach einer Notoperation im künstlichen Koma."

„Nein!" Das Blut wich aus Mary-Lous Gesicht. Ihre Lippen fingen an zu zittern. „Bist du sicher? Stefan ... Oh mein Gott!" Sie war völlig geschockt.

Victoria legte den Arm um sie, obwohl ihr selbst zum Heulen zumute war. „Es tut mir leid! Ich wollte dich nicht erschrecken. Er ... er kommt bestimmt durch, Mary-Lou.

Die Klinik ist gut ... und alle sagen, dass Mum eine tolle Chirurgin ist, die beste." Sie wollte nicht angeben, sondern Mary-Lou nur Hoffnung machen.

„Meinst du, ich kann ihn besuchen?" Mary-Lou hob den Kopf. Sie war total verknallt in Stefan, das wusste Victoria, nur Stefan hatte davon keine Ahnung.

„Ich nehme an, dass er auf der Intensivstation liegt, und dorthin dürfen normalerweise nur Familienangehörige."

„Kann deine Mum nicht dafür sorgen, dass sie eine Ausnahme machen? Für mich?"

„Vielleicht", antwortete Victoria vorsichtig. „Ich kann sie ja mal fragen."

Mary-Lou drückte Victorias Hand. „Danke", flüsterte sie. Sie schniefte und suchte in ihrem Rucksack nach einem Taschentuch. Sie fand auch einen kleinen Spiegel und kontrollierte ihr Make-up. „Mann, was sind wir zwei Heulsusen heute Morgen." Mühsam versuchte sie, ihre Tränen zu unterdrücken.

Der Bus hielt vor dem Edith-Stein-Gymnasium, einem großen, gelb angestrichenen Gebäude. Die Schule hatte erst vor Kurzem fünfzigjähriges Jubiläum gefeiert. Vor dem schmiedeeisernen Schultor wartete Stella auf die beiden Freundinnen. Sie hatte auf ihrer Stirn ein Pflaster und Schrammen an den Armen.

„Oh, hast du dich verletzt?", fragte Victoria erschrocken, als sie ihre Freundin erblickte.

Stella warf ihr blondes Haar zurück. „Du weißt doch, dass ich vorgestern ausgerutscht bin, weil ich eine Sekunde lang unkonzentriert war. Oder hast du das vergessen?"

„Shit!“, stieß Victoria verzweifelt aus und lehnte sich gegen den Zaun. „Das weiß ich auch nicht mehr …“

„Was ist denn mit ihr los?“, fragte Stella Mary-Lou. „Und du siehst auch so aus, als hättest du geheult. Kann mich mal jemand aufklären?“

„Stefan liegt im Koma“, murmelte Mary-Lou. „Schwerer Unfall. Es ist nicht sicher, ob er durchkommt …“

Stella wurde blass. Sie nahm Mary-Lou stumm in den Arm. Dann wandte sie sich an Victoria, um sie ebenfalls zu umarmen.

„Mir fehlen 48 Stunden in der Erinnerung, und ich habe keine Ahnung, warum“, sagte Victoria mit belegter Stimme.

„Echt?“, fragte Stella nach.

Victoria nickte. Sie tippte auf ihr Tattoo. „Mittwoch und Donnerstag sind einfach wie ausgelöscht. Ich kann mich auch nicht daran erinnern, dass ich mir das Drachentattoo habe stechen lassen.“

Stella sah bestürzt aus.

„Irgendetwas muss sie so schockiert haben, dass die zwei Tage weg sind“, meinte Mary-Lou. „Das ist jedenfalls meine Theorie.“

„Wo warst du gestern Abend?“, fragte Stella.

Victoria hob die Schultern. „Ich habe nicht den blassesten Schimmer.“

„Das habe ich sie auch schon gefragt“, sagte Mary-Lou.

„Aber gestern Abend muss noch alles in Ordnung gewesen sein, denn mein Schulrucksack war heute Morgen gepackt“, fügte Victoria hinzu.

„Dann muss heute Nacht etwas passiert sein“, vermutete Mary-Lou. „Vielleicht warst du wieder auf dem Friedhof mit deinen Freunden – und dort ist etwas Schreckliches geschehen. Eine schwarze Messe ...“

„Au Mann!“, entfuhr es Victoria. „Könnt ihr mal aufhören, euch darüber lustig zu machen, dass ich einfach nur andere Musik höre und mich gern schwarz anziehe?!“

„Aber ihr geht auf Friedhöfe“, hakte Mary-Lou nach.

„Ja, aber nicht ständig.“ Victoria strich wütend ihr Haar zurück. Sie regte sich jedes Mal schrecklich auf, wenn andere Leute meinten, sie wüssten genau, was Gothic ausmachte. Bisher hatte sie ihre beiden Freundinnen noch nicht dazu bewegen können, einmal zu einem Treffen mitzukommen. Dann würden sie sich solche Kommentare sicher sparen. Besonders bei Stella, die so gern blutige Horrorromane las, ging oft die Fantasie durch ...

„Ja, ist schon gut.“ Stella legte Victoria beruhigend die Hand auf den Arm. „Du weißt also nicht, was heute Nacht passiert ist. Okay, dann werden wir es gemeinsam herausfinden. Es gibt sicher einen ganz plausiblen Grund.“ Sie lächelte Victoria an.

Victoria zog ihren Arm zurück, noch immer leicht verstimmt. Aber Stella hakte sie einfach unter und gemeinsam betraten sie den Schulhof. Alles schien wie immer ... Die Kleinen, die eine Coladose durch die Gegend kickten, die zerrupften Rosen am Spalier, der leicht hinkende Hausmeister, der in seinem grauen Mantel einen Getränkekasten ins Gebäude trug ... Ein ganz normaler Tag lag vor ihnen.

Leider ist überhaupt nichts normal! Victoria runzelte grimmig die Stirn.

„Kannst du deine Mum fragen, ob ich Stefan nach der Schule besuchen kann?“, bat Mary-Lou, als sie ihr Klassenzimmer erreichten.

„Ja, klar.“ Victoria zog ihr Handy aus der Tasche. Dann fiel ihr ein, dass sich ihre Mutter hingelegt hatte, und sie steckte es wieder zurück. „Ich ruf sie später an. Jetzt schläft sie, sie hatte eine anstrengende Nacht.“

„Okay.“ Mary-Lou nickte. „Also später.“

Die drei Freundinnen betraten das Klassenzimmer und setzten sich ganz nach hinten, wo ihre Plätze waren.

Der Unterricht begann mit Mathematik – Stochastik. Frau Pinkhoff, eine dünne, farblose Person, die aussah, als gäbe es keine Freude in ihrem Leben, versuchte, die Klasse 10a in die Geheimnisse der Wahrscheinlichkeitsrechnung einzuführen. Sie zog das Mathematikbuch aus ihrer fliederfarbenen Aktentasche und schlug es auf. Dann glitt ihr Blick über die Schüler und Schülerinnen, auf der Suche nach einem Opfer. „Estelle, würden Sie bitte so freundlich sein und nach vorne kommen?“

Stella erhob sich zu ihrer stattlichen Länge von fast 1,80 Meter und ging nach vorne. Sie war das größte Mädchen in der Klasse und völlig durchtrainiert. Einige Jungs unkten, Muskeln bei Mädchen seien unsexy, aber Stella ignorierte solches Geschwätz. Parkour war ihre Leidenschaft und dazu brauchte man die totale Körperbeherrschung.

Trotzdem war ihr Gang wiegend, als sie zur Tafel schritt. Sie bewegte sich wie ein Model auf dem Laufsteg. Victoria sah ihr bewundernd nach. Stella war einfach unglaublich. Sie hatte ernsthaft vor, einmal als Stuntfrau beim Film zu arbeiten – und wenn sie so weitermachte, dann würde sie es auch schaffen. Vielleicht würde sie eines Tages sogar ein James-Bond-Girl doubeln. Victoria konnte es sich jedenfalls gut vorstellen.

„Bitte erklären Sie die Begriffe *Merkmal, Merkmalsträger* und *Merkmalsausprägung* anhand eines Beispiels", verlangte Frau Pinkhoff.

Stella verdrehte kurz die Augen, griff nach der Kreide und fing an, große und kleine Kreise an die Tafel zu malen.

„Die Kreise sollen weiße Kugeln darstellen. Die weißen Kugeln sind der *Merkmalsträger* ..."

In der Pause versuchte Victoria, ihre Mutter anzurufen, aber niemand nahm ab.

„Sie schläft tief und fest“, sagte Victoria zu Mary-Lou. „Aber ich probiere es später noch einmal. Gewöhnlich steht sie gegen Mittag auf und legt sich nachmittags noch mal für ein Stündchen hin, wenn sie Nachtschicht hatte.“

„Okay.“ Mary-Lou nagte an ihrer Unterlippe. „Was meinst du? Wird Stefan durchkommen? Was bedeutet *künstliches Koma*? Deine Mum ist doch Ärztin, da weißt du sicher Bescheid.“

„Ich weiß nur, dass manche Patienten nach einer schweren OP in künstlichem Koma gehalten werden, damit sich der Körper besser erholen kann“, antwortete Victoria.

Mary-Lou nickte gedankenverloren. „Stell dir vor, er stirbt“, murmelte sie. „Und er erfährt nie, dass ich … na ja, also … wie meine Gefühle für ihn sind. Warum habe ich mich nur nie getraut, ihn anzusprechen und mich mit ihm zu verabreden? Jetzt ist es vielleicht zu spät … für immer …“ Ihre großen blauen Augen füllten sich mit Tränen.

Stella legte den Arm um Mary-Lou. „Beruhige dich! Wenn er aus dem Koma aufgewacht ist und auf der normalen Station liegt, kannst du ihn ja jeden Tag besuchen.

Er wird sich ganz sicher freuen. Und er kann nicht weglaufen, wenn du mit ihm redest." Sie gab Mary-Lou einen aufmunternden Rippenstoß. „Komm, alles wird gut!"

Victoria hatte noch immer ihr Handy in der Hand. Sie las die Nachrichten, die am Mittwoch und Donnerstag eingegangen waren, und auch die Mitteilungen, die sie während dieser beiden Tage abgeschickt hatte. Nicht ein Hauch von Erinnerung ... „Verdammt!" Am liebsten hätte sie mit ihrem Kopf gegen die Wand geschlagen, um ihrem Gedächtnis auf die Sprünge zu helfen. Frustriert steckte Victoria ihr Handy wieder ein und war den Rest der Pause sehr schweigsam.

In der dritten und vierten Stunde hatte die Klasse Sport, getrennt nach Mädchen und Jungs. Victoria versuchte alles zu verdrängen, was geschehen war, und lief mit den anderen mit, um sich aufzuwärmen. Aber schon nach der ersten Runde auf dem Rasen ging ihr dermaßen die Puste aus, dass sie Angst hatte, ohnmächtig zu werden. Sie setzte sich am Rand ins Gras, winkelte die Knie an und wartete darauf, dass sich ihr Herzschlag beruhigte. Die anderen Mädchen zogen an ihr vorüber. Stella, für die das Ganze ein Kinderspiel war, stoppte und fragte: „Was ist los, Victoria?"

Victoria schüttelte nur den Kopf. „Ich kann heute irgendwie nicht." Sie griff nach ihrer Wasserflasche und nahm einen Schluck. Das Wasser war lauwarm und schmeckte nach Plastik.

Stella ließ sich neben ihr ins Gras fallen. „Geh am besten nach Hause."

„Das bringt mir die beiden fehlenden Tage auch nicht zurück.“ Victoria schnitt eine Grimasse. „Ich habe das Gefühl, verrückt zu werden.“

„Du solltest zu einem Arzt gehen oder zu einem Psychologen.“

„Und wenn sie mich dann in die geschlossene Abteilung stecken?“

„Ach Quatsch!“ Stella legte beruhigend die Hand auf Victorias Arm. Dann sprang sie auf. „Ich muss jetzt weiterlaufen ... wir reden später!“

„Klar.“ Victoria sah ihr nach. Wie leicht Stella lief! Sie konnte Runde um Runde absolvieren, ohne dass es ihr das Geringste ausmachte.

Geistesabwesend strich Victoria über ihr neues Tattoo. Plötzlich stutzte sie. Der Drache blickte jetzt nach links! Das konnte doch nicht sein! Erst die wechselnde Augenfarbe und nun die veränderte Kopfhaltung!

Victoria spürte, wie Übelkeit in ihr hochstieg. Mühsam kam sie auf die Beine. Hoffentlich schaffte sie es bis zur Toilette und musste sich nicht schon unterwegs übergeben! Immer wieder krampfte sich ihr Magen zusammen. Sie presste die Hand auf den Mund und rannte los, den kürzesten Weg zum Schulgebäude. Die Sportlehrerin rief etwas hinter ihr her, aber Victoria verstand sie nicht. Sie riss die Eingangstür auf, bog nach links ab und erreichte die Mädchentoiletten, die zum Glück leer waren. Victoria nahm die erste Kabine und erbrach sich in die Schüssel. Danach lehnte sie ihren Kopf gegen die Kabinenwand. Sie war schweißüberströmt und zitterte am ganzen Körper.

Vor ihren Augen flimmerte es. Ihre Knie gaben nach. Sie hatte das Gefühl, keine Luft mehr zu bekommen.

„Hilfe!“, röchelte sie. Dann wurde alles um sie herum schwarz.

Piep piep – piep piep – piep piep – piep piep …

Mühsam öffnete Victoria die Augen und stellte verwundert fest, dass sie in ihrem eigenen Bett lag. War sie nicht im Schulklo zusammengebrochen? Warum hatte man sie dann nicht in ein Krankenhaus gebracht?

Aber sie war zu Hause. Umso besser. Vorsichtig setzte sie sich auf und stellte fest, dass es ihr gut ging. Keine Magenkrämpfe mehr. Auch der säuerliche Geschmack in ihrem Mund war weg. Zu ihrer Verwunderung hatte sie Hunger.

Der Wecker piepste noch immer. Mit einer Handbewegung stellte Victoria ihn ab. *Viertel vor sieben.* Die normale Zeit zum Aufstehen.

Aber war heute nicht Samstag und schulfrei?

Victoria blieb auf der Bettkante sitzen, wie gelähmt von der Angst, dass sich die Tage vielleicht schon wieder verschoben hatten. Dann fiel ihr Blick auf ihren rechten Oberarm. Sie schnappte nach Luft.

Kein Tattoo.

Sie wischte über die Haut. Makellos. Keine Spur von einer Zeichnung. Wie in Trance stand Victoria auf, ging zum Fenster und zog die Jalousie hoch. Die Sonne strahlte ihr ins Gesicht. Die Kastanienblüten dufteten.

Victoria hielt sich am Fensterbrett fest und sog tief die

Luft ein. War das, was sie erlebt hatte, nur ein schlimmer Traum gewesen? Der Gedächtnisverlust, die fehlenden zwei Tage – alles nur ein Spiel ihrer Fantasie?

Aber es war alles so real gewesen ... Victoria konnte sich noch an jede Einzelheit erinnern.

Sie ging zu ihrem Nachttisch und zog die Schublade auf. Sie öffnete die Silberdose. Lauter Geldscheine. Victoria zählte nach. 270 Euro – das Geld, das sie für ihr Drachentattoo gespart hatte.

„Bin ich jetzt verrückt, oder was?"

Einerseits war sie erleichtert, andererseits verwirrter als vorher. Jetzt hatte es den Anschein, als sei alles wieder normal und die Welt in Ordnung. Aber was hatte dieses Erlebnis zu bedeuten?

Cool bleiben. Sich an die Fakten halten. Nicht durchdrehen.

Tatsache war, dass sie einen völlig realistischen Tag erlebt hatte. Das einzig Ungewöhnliche daran war gewesen, dass er zwei Tage in der Zukunft gelegen hatte.

Victoria atmete ruhig durch.

Ein Zeitsprung.

War ihr so etwas passiert? Niemals, das war absoluter Blödsinn! Auch wenn es tatsächlich Wissenschaftler gab, die sich ernsthaft darüber stritten, ob Zeitreisen möglich waren. Es wurden die kompliziertesten Theorien aufgestellt, die das Verständnis eines Normalsterblichen überschritten. Victoria erinnerte sich noch gut an die Nacht auf dem Friedhof, als sie über dieses Thema diskutiert hatten. Das war letztes Jahr im Herbst gewesen. Elroy war ein glühender Anhänger des Physikers Stephen Hawking und hatte immer wieder versucht, Victoria den Sachverhalt zu erklären. Vergebliche Liebesmüh. Victoria hatte so gut wie nichts davon begriffen, es war ihr einfach zu hoch. Sie hatte nur so viel verstanden: Zeitreisen waren theoretisch zwar möglich, aber bisher waren sie noch keinem Menschen in der Praxis gelungen.

„Das kann einfach nicht wahr sein! Niemand kann durch die Zeit reisen ...", murmelte Victoria und betrachtete ihr Spiegelbild, als könnte es ihr die nötigen Antworten liefern. Der Spiegel hatte einen verschnörkelten silbernen Rahmen, sie hatte das Stück auf dem Flohmarkt ergattert. Es klopfte an der Tür. Victoria zuckte zusammen.

„Victoria, bist du wach?"

Die Tür öffnete sich und Victorias Mutter trat ein. Ihr Blick war besorgt.

„Oh gut, dass du schon auf bist. Ich dachte, du hättest verschlafen. Du bist spät dran und musst dich beeilen. Frühstück steht unten."

„Alles okay, Mum. Ich komme gleich."

Wie konnte man seiner Mutter klarmachen, dass sich das Leben gerade um 180 Grad gedreht hatte? Es drängte Victoria, mit jemandem über ihr sonderbares Erlebnis zu reden, doch Mum war vermutlich die falsche Ansprechpartnerin. Ihre Welt hatte klare Regeln. Leben retten, Verletzte wieder zusammenflicken, bösartige Tumore entfernen. Und akzeptieren, wenn lebenserhaltende Maßnahmen keinen Sinn mehr hatten. Das Letzte war laut Mum am schwierigsten.

Victoria schloss die Augen. Klappe halten!, schärfte sie sich ein. Und so tun, als sei alles ganz normal. Sie hoffte, ihre Sicherheit damit zurückgewinnen zu können.

Sie ging ins Bad, duschte und zog sich an. Dann stopfte sie das gesparte Geld in ihren Geldbeutel. Sie hatte einen Termin im Tattoo-Studio für den heutigen Mittwochnachmittag, und den würde sie auch einhalten, selbst wenn ihr Gehirn im Moment so durcheinander war.

Ich habe wieder alles unter Kontrolle …

Sie ging hinunter in die Küche, um zu frühstücken. Ein starker Kaffee war jetzt genau das Richtige, obwohl sie manchmal davon Magenschmerzen bekam. Im Backofen warteten knusprige Aufbackbrötchen, die ihre Mutter hineingeschoben hatte. Victoria nahm eines heraus, schnitt es mittendurch und bestrich eine Hälfte mit Marmelade, die andere mit Schokocreme. Die Sonne schien durchs Fenster auf den Küchentisch. Es war ein herrlicher Maimorgen, einer jener Tage, an denen das Leben leicht und unbeschwert schien. Victoria streckte die Beine aus und versuchte sich zu entspannen. Es war alles in Ordnung. Sie würde ihre Freundinnen treffen, die sechs Unterrichtsstunden hinter sich bringen und sich am Nachmittag das lang ersehnte Drachentattoo stechen lassen …

Zehn Minuten später verließ sie das Haus und rannte wie immer die letzten Meter, um den Bus noch zu erwischen. Mary-Lou hatte den Platz auf der Rückbank für Victoria freigehalten. Sie grinste Victoria an.

„Na, du strahlst ja so. Gibt’s gute Neuigkeiten?“

„Nö, eigentlich nicht.“ Victoria setzte sich neben sie.

Aber auch keine schlechten Nachrichten. Ich muss dir nicht erzählen, dass Stefan einen Unfall hatte …

Da schoss ihr ein Gedanke durch den Kopf. Der Unfall hatte sich doch am Donnerstagabend ereignet. Hieß das, dass sich der Unfall vielleicht verhindern ließ? Victoria wagte nicht, diesen Gedanken ernsthaft weiterzuverfolgen. Mary-Lou sah sie aufmerksam an. „Na, was denkst du gerade?“

„Ach, nichts Besonderes.“ Victoria lächelte. „Heute Nachmittag kriege ich endlich mein Tattoo.“

„Oh, cool.“

„Ich hoffe, dass Max es in einer Sitzung hinbekommt. Sonst wird es teurer.“

„Ich drücke dir die Daumen. Was für ein Motiv willst du denn machen lassen?“

„Verrate ich nicht. Lass dich überraschen.“

Mary-Lou verdrehte die Augen. „Habe ich dir eigentlich schon mal gesagt, dass ich Überraschungen hasse?“

Victoria lächelte. „Das erzählst du mindestens drei Mal am Tag.“

„Tut es sehr weh, wenn man sich ein Tattoo stechen lässt?“

„Es heißt, es sei auszuhalten. Und man hat es ja dann ein Leben lang.“

„Hm. Die Schmerzgrenze ist bei jedem Menschen anders“, sagte Mary-Lou. „Stella ist bestimmt total unempfindlich. Bei den vielen blauen Flecken, die sie sich ständig bei ihrem Parkour holt.“

„Na ja, und Spitzentanz stelle ich mir auch nicht unbedingt sehr angenehm vor.“ Victoria sah Mary-Lou an. Ihre

Freundin tanzte seit vielen Jahren Ballett. Sie hatte schon mit vier Jahren damit begonnen.

„Ich habe am Anfang nächtelang geheult, weil mir die Zehen so wehtaten", gestand Mary-Lou. „Aber ich wollte beweisen, dass ich es kann. Dass ich durchhalte."

Victoria wusste, dass Mary-Lou unglaublich ehrgeizig sein konnte. Das betraf nicht nur Ballett, sondern zeigte sich in allem, was Mary-Lou interessierte. Zum Beispiel liebte sie es, im Internet herumzusurfen oder auch, sich in die Systeme fremder Computer zu hacken oder manche Programme zu knacken. Sie hatte fraglos einige Ansätze von krimineller Energie – dabei war ihr Vater Juraprofessor an der Uni.

„Sag mal, glaubst du, es ist möglich, dass Menschen in der Zeit reisen können?", fragte Victoria.

„Nee, das sind doch alles Märchen. Warum willst du das wissen?"

„Nur so."

„Gibt's einen neuen Film, oder was?"

„Nein. Ich habe nur ..." Victoria gab sich innerlich einen Ruck. „Ich habe nur heute Nacht so etwas in der Richtung geträumt."

„Das klingt reichlich schräg. Aber wer weiß, was deine Träume dir sagen wollten, da gibt es ja reichlich Theorien über Traumdeutungen ..."

„Nimmst du mich jetzt hoch?"

Mary-Lou schüttelte den Kopf. „Nein, überhaupt nicht, das sind doch spannende Fragen. Woher kommen die Träume? Was geschieht nach dem Tod?"

„Für so schwierige Themen ist es mir noch zu früh."
„Na, du hast ja schließlich damit angefangen." Mary-Lou grinste. „Los, komm, wir müssen raus."
Der Bus hielt vor dem Schulgelände und beim Aussteigen gab es die übliche Rempelei. Neben dem Tor stand Stella. Sie unterhielt sich mit einem gut aussehenden Typen aus der Elften.
„Hat sie einen Neuen?", witterte Mary-Lou sofort.
Victoria grinste nur. Stella besaß eine geradezu magische Anziehungskraft, was Jungs anging. Ihr Lächeln war einfach umwerfend, und sie hatte einen natürlichen Charme, dem kaum einer widerstehen konnte. Doch obwohl Stella sehr waghalsig war, was Sport anging, war sie Jungs gegenüber zurückhaltend. Sie flirtete gern und sonnte sich in der Aufmerksamkeit der Jungs, aber sie ließ keinen an sich heran. Victoria hatte sich schon oft gefragt, woran das lag. War Stella einmal so verletzt worden, dass sie Angst vor einer Beziehung hatte? Scheute sie vor Nähe zurück? Oder wartete sie auf die romantische große Liebe?
„Hallo!" Jetzt hatte Stella Victoria und Mary-Lou entdeckt. Sie ließ den Typen stehen und kam auf sie zu.
Victoria fragte neugierig: „Hi Stella! Wer war der Typ?"
„Er nennt sich Bingo und wollte etwas über Parkour wissen. Ich habe ihm angeboten, heute Nachmittag mitzukommen, wenn wir trainieren, aber er wollte sich lieber mit mir allein treffen. Er hat wohl Schiss, dass die anderen ihn auslachen könnten, weil er eine sportliche Niete ist."
„Wenn man euch zuschaut, fühlt sich jeder wie eine Niete", sagte Mary-Lou. „Ich weiß ja, was hartes Training be-

deutet ... Aber ihr ... wow! Eines Tages werden euch noch Flügel wachsen."

„Ihr seid gelenkig wie Affen im Dschungel", kommentierte Victoria und Stella lachte.

Als sie ins Klassenzimmer kamen, erfuhren sie, dass die ersten beiden Stunden ausfielen.

„Au Mann!", regte sich Mary-Lou auf. „Wenn ich das gewusst hätte, dann hätte ich ausschlafen können!"

„Was machen wir jetzt?", fragte Victoria.

„Wie wär's mit einem Cappuccino im *Crazy Corner*?", schlug Stella vor.

Das *Crazy Corner* war ihr Lieblingscafé, ein beliebter Treffpunkt. Die Preise waren human und die Atmosphäre sehr angenehm. Victoria und Mary-Lou waren mit Stellas Vorschlag gleich einverstanden. Zu Fuß brauchten sie dorthin nur fünf Minuten.

Die Mädchen entschieden sich für einen Tisch im Freien, denn das Wetter war viel zu schön, um drinnen zu sitzen.

„Was darf ich euch bringen?", fragte die Bedienung, ein zierliches junges Mädchen mit braunem Pferdeschwanz. Ihre Züge waren asiatisch.

Victoria bestellte einen Cappuccino mit Karamell, während Stella und Mary-Lou Latte macchiato orderten.

„Kommt gleich!" Das Mädchen lächelte und verschwand.

„Die muss neu sein, ich habe sie hier noch nie gesehen", stellte Stella fest.

„Jake hat nie Probleme, Personal zu finden", meinte Victoria. „Obwohl er so schlecht bezahlt."

„Na ja, wundert es dich?", fragte Mary-Lou. „So gut, wie

Jake aussieht? Ich wette, viele Mädchen würden sogar umsonst hier arbeiten, nur um in seiner Nähe zu sein."

Jake war der Besitzer des Cafés: Mitte zwanzig, groß, schlank, mit sonnengebräunter Haut und schwarzen Haaren. Er wusste die Wirkung seiner hellblauen Augen sehr gut einzuschätzen und hatte immer ein Lächeln auf den Lippen. Seinen Hintern, der stets in hautengen Jeans steckte, bezeichnete Stella als „Knackarsch des Jahres".

„Ich bestimmt nicht", sagte Stella.

„Ja, du bist ja auch gegen Jakes Reize immun", spottete Victoria.

„Eigentlich dürften wir diesen Ausbeuter gar nicht unterstützen", meinte Stella. „Aber leider gibt's keine Alternative, wenigstens keine, die in der Nähe ist. Und der Kaffee hier ist göttlich." Sie verschränkte die Arme hinter dem Kopf, schloss die Augen und ließ sich die Sonne ins Gesicht scheinen.

„Ob Jake überhaupt treu sein kann?", wollte Mary-Lou wissen.

„Keine Ahnung. Frag ihn doch", murmelte Stella.

„Dann denkt er noch, ich will etwas von ihm." Mary-Lou seufzte.

„Und? Willst du etwas von ihm?"

„No. Ihr wisst doch, in wen ich verknallt bin."

„In Stefan", sagten Victoria und Stella gleichzeitig.

Victoria fiel sofort wieder der Unfall ein, von dem sie geträumt hatte – oder war es doch Wirklichkeit gewesen und sie war in der Zeit gereist ...? Ob sie verhindern konnte, dass Stefan etwas zustieß? Wenn er sich zum kritischen

Zeitpunkt *nicht* aufs Motorrad setzen würde … *Das war doch alles verrückt!* Victoria rief sich in Gedanken zur Räson.

Sie beugte sich nach vorn und sah Mary-Lou an. „Du musst endlich mal was unternehmen. Du schmachtest ihn nur immer aus der Ferne an. Bist du dreizehn oder sechzehn? Warum tust du nicht endlich den ersten Schritt?"

„Ich habe Angst vor einer Abfuhr", sagte Mary-Lou. „Auf mich fliegen die Jungs nicht so wie auf euch. Das ist leider Tatsache."

„Wo bleibt denn dein Selbstbewusstsein, Mary-Lou?" Stella legte die Arme auf den Tisch und schüttelte den Kopf. „Wer nicht wagt, hat schon verloren. Ich wette, am liebsten würdest du dich in sein Herz einschleichen, wie du es in fremde Computer tust, und ihn so umprogrammieren, dass er dich einfach toll finden muss!" Sie grinste.

„So ungefähr", gab Mary-Lou zu.

„Trau dich", redete Victoria ihr zu. „Wer weiß, sonst ist es vielleicht irgendwann zu spät. Auch andere Mädchen haben Augen im Kopf …"

„Was willst du damit sagen?" Mary-Lou sah Victoria groß an.

Victoria antwortete nicht, denn in diesem Moment brachte die junge Asiatin die Bestellung. Bis alles auf dem Tisch verteilt war, hatte Mary-Lou ihre Frage vergessen.

„Danke", sage Victoria höflich. Die Bedienung lächelte. Victoria fiel auf, dass an ihrer Bluse ein Schild befestigt war: *Aimee*.

„Schöner Name", sagte Victoria. „Wie aus einem Roman."

Aimee zeigte eine Reihe perlweißer Zähne, neigte leicht den Kopf und machte kehrt.

„Jetzt hast du sie aber in Verlegenheit gebracht", meinte Mary-Lou.

„Unsinn", sagte Victoria.

Stella saugte an ihrem Strohhalm und behielt Aimee fest im Blick. Plötzlich ging ein kurzes Lächeln über ihr Gesicht. Gleich darauf strauchelte Aimee, ruderte mit den Armen, fand ihr Gleichgewicht wieder und stolperte noch einmal, als sie die Türschwelle des Café-Eingangs passierte.

„So ein Tollpatsch", sagte Stella ungerührt.

Victoria war irritiert. Sie hatte die kurze Szene beobachtet, und ihr war auch nicht entgangen, wie amüsiert Stella unmittelbar davor dreingesehen hatte. So als hätte sie geahnt, was gleich geschehen würde ...

Wie aus der Pistole geschossen fragte sie ihre Freundin: „Woher hast du das gewusst, Stella?" Victoria konnte nicht sagen, weshalb sie so sicher war, dass da etwas nicht mit rechten Dingen zuging. Na ja, wenn man sich selbst mit der an sich völlig abwegigen Frage auseinandersetzte, ob man durch die Zeit reiste, dann schockierte einen so schnell nichts mehr!

Trotzdem war sie von Stellas Antwort überrascht.

„Wenn ich mich stark konzentriere, kann ich Menschen in ihren Handlungen beeinflussen", sagte Stella so gleichmütig, dass ihre Freundinnen zuerst gar nicht begriffen, welche Ungeheuerlichkeit Stella gerade von sich gegeben hatte.

Victoria und Mary-Lou wechselten einen Blick.

„Stella, Moment mal! Jetzt bist du völlig übergeschnappt!" Mary-Lou hatte als Erste ihre Sprache wiedergefunden.

Victoria setzte leicht monoton hinzu: „Noch mal, nur damit ich jetzt nichts falsch verstehe: *Du* willst gemacht haben, dass sie stolpert?"

„Yep", antwortete Stella. Sie lehnte sich wieder zurück. „Ich weiß, es klingt völlig verrückt, und ich hatte wahnsinnige Angst, es euch zu sagen, aber dann dachte ich – wem, wenn nicht euch? Ihr müsst mir glauben. Ich habe es erst vor ein paar Wochen festgestellt, dass es geht. Es klappt nicht jedes Mal, aber meistens. Ich habe keine Ahnung, warum es funktioniert. Eigentlich ziemlich unheimlich ..." Sie machte eine Pause, und als sie weiterredete, hatte ihre Stimme wieder den typisch ironischen Stella-Tonfall. „Aber vielleicht auch gar nicht so unpraktisch?" Sie zog die Augenbrauen hoch und sah die anderen erwartungsvoll an.

„Äh ... das glaube ich jetzt nicht." Mary-Lou blickte wieder zum Eingang des Cafés, als stünde dort die Antwort geschrieben.

Victoria trank einen Schluck Cappuccino, ohne den Geschmack wahrzunehmen. Mary-Lou hatte ihren Latte macchiato noch nicht angerührt. Sie starrte Stella an, als käme ihre Freundin geradewegs vom Mars.

„Ich wollte es euch unbedingt erzählen", wiederholte Stella. „Weil wir uns ja alles erzählen. Wenn ihr jetzt nicht mehr mit mir befreundet sein wollt, weil ihr mich für verrückt haltet oder weil ihr Angst vor mir habt, dann kann ich es nicht ändern." Sie zuckte die Achseln.

„Aber wer redet denn davon!“, platzte Mary-Lou heraus. „Wir sind nur ganz baff, weißt du. Du stellst gerade unser Weltbild ein bisschen auf den Kopf.“

Mein Weltbild ist auch auf den Kopf gestellt. Victoria biss sich auf die Lippe. Jetzt wäre eine gute Gelegenheit gewesen, von ihrem Erlebnis zu erzählen, aber sie hielt sich zurück. Das wäre dann doch zu viel. Außerdem musste sie selbst erst mal Stellas Nachricht verdauen. Victoria hatte keine Ahnung, wie sie die Sache einordnen sollte.

„Wie weit kannst du die Leute denn manipulieren?“, fragte Mary-Lou weiter. „Kannst du sie ganz umkrempeln, sodass sie Dinge tun, die ihnen eigentlich zuwider sind? Oder kannst du bewirken, dass sich ein Junge in ein Mädchen verliebt, das er eigentlich gar nicht so toll findet?“

Stella lachte laut. „Ich habe gewusst, dass dich das interessieren wird.“ Sie wurde wieder ernst. „Ich weiß nicht, wie weit es geht. Bisher habe ich nur ganz kleine Experimente gemacht.“

„Wow!“, sagte Mary-Lou, danach versank sie in Gedanken und nuckelte an ihrem Strohhalm.

Victoria räusperte sich. „Das klingt schon ziemlich fantastisch, Stella. Bist du sicher, dass es nicht nur ein Zufall war?“

„Ich habe schon befürchtet, dass ihr mir nicht glaubt“, antwortete Stella. „Ich glaube es ja selbst kaum. Aber genau genommen hat es auch einige Vorteile. Meine Mum wird mir nie wieder verbieten können, abends wegzugehen.“

Stella hatte ein etwas gespanntes Verhältnis zu ihren Eltern. Sie hatte vor zwei Jahren erfahren, dass sie adoptiert worden war, und sie nahm es ihnen noch immer übel, dass sie sie so lange Zeit belogen hatten. Ihre leiblichen Eltern waren bei einem Autounfall ums Leben gekommen, als Stella ein knappes Jahr alt war. Stella hatte in ihrem Babysitz gesessen und den schrecklichen Unfall ohne eine einzige Schramme überlebt. Da es keine weiteren Verwandten gab, war Stella in ein Heim gekommen, aber glücklicherweise hatten sich bald Interessenten für das verwaiste Baby gefunden. Stella hatte keine Erinnerung an den Unfall und hatte jahrelang geglaubt, in einer ganz normalen Familie aufzuwachsen, bis sie durch Zufall die Adoptionsunterlagen gefunden hatte. Es war ein großer Schock für sie gewesen, der noch immer nachklang.

„Wenn ... wenn das wirklich funktionieren würde, Stella, dann ... dann könntest du mit dieser Fähigkeit vielleicht irgendwie mehr über deine Herkunft erfahren", schlug Mary-Lou zögernd vor. Sie wusste, dass diese Adoptivgeschichte schwer an ihrer Freundin nagte.

„Hm, ja, daran habe ich auch schon gedacht." Stella streckte sich und drückte ihren Rücken durch. „Ich möchte endlich wissen, wer meine Eltern wirklich waren, mehr über sie erfahren. Im Moment habe ich das Gefühl, dass meine Vergangenheit in grauem Nebel verschwindet. Ich weiß nicht, wer ich bin – und es ist einfach nur beschissen, wenn man jahrelang belogen worden ist." Sie senkte den Blick.

Ein wunder Punkt. Victoria konnte Stellas Gefühle gut nachvollziehen. Sie selbst entwickelte manchmal einen unglaublichen Hass, sobald sie daran dachte, dass ihr Vater ihre Mutter wegen einer jüngeren Frau verlassen hatte. Er lebte jetzt mit einer fünfundzwanzigjährigen Brasilianerin zusammen. Ricarda war bildschön und arbeitete gelegentlich als Model. Victoria hatte noch keine drei Sätze mit ihr gewechselt und sie legte auch keinen Wert darauf. Sie fand es unfassbar, was ihr Vater getan hatte. Da hatten die Eltern versucht, ihr jahrelang Werte zu vermitteln und sie zu einem toleranten, aufgeschlossenen Menschen zu erziehen, und auf einmal warf ihr Vater alles über Bord wegen einer jungen Frau, die Victorias ältere Schwester hätte sein können. Ihr wurde übel, wenn sie daran dachte. Sie konnte gut begreifen, wie sehr ihre Mutter verletzt war – obwohl sie sich bemühte, sich nichts anmerken zu lassen. „Wir haben uns eben auseinandergelebt", hieß es, oder: „In unserem Job hatten wir beide zu wenig Zeit füreinander und wir haben es leider zu spät gemerkt." Als ob ihre Mutter eine Mitschuld daran trüge, dass ihr Vater plötzlich auf Frischfleisch stand.

„Habe ich euch schon von meinem Bruder erzählt?", fragte Mary-Lou unvermittelt.

„Der, der immer krumme Dinge dreht?", sagte Stella. „Ich habe ihn zwar noch nie gesehen, aber ich kann ihn mir gut vorstellen."

Mary-Lous Bruder war vierzehn. Victoria und Stella hatten schon haarsträubende Sachen von ihm gehört. Adrian war seit einiger Zeit in schlechte Gesellschaft geraten, und um sich bei seinen neuen Freunden zu beweisen, hatte er angefangen, zu klauen und die Gegenstände im Internet zu verticken. Außerdem kiffte er, und Mary-Lou war sich inzwischen sicher, dass er dealte, und zwar auch mit härteren Drogen.

„Nein, ich meine nicht Adrian." Mary-Lou schüttelte den Kopf. „Ich hatte noch einen Bruder. Er ist seit sechs Jahren tot."

Victoria war überrascht und betroffen zugleich. „Du hast noch nie ein Wort von ihm erzählt."

„Ja, für mich ist die Geschichte auch neu", sagte Stella.

Mary-Lou holte tief Luft, so als fiele es ihr schwer, darüber zu reden. „Er hieß Dorian und wurde nur achtzehn Jahre alt. Er ist ertrunken." Ihre Stimme drohte zu versagen. Victoria merkte, dass sie das Geschehen noch immer nicht ganz verarbeitet hatte.

„Ertrunken?", hakte Stella nach.

Mary-Lou nickte. „Im Meer. Dorian ist mit Freunden nach Sardinien gefahren, zum ersten Mal ohne Eltern. Beim Surfen ist er abgetrieben worden, und es war niemand da, der ihm helfen konnte. Die Freunde fanden dann sein Surfbrett. Dorian", Mary-Lous Stimme bebte, „wurde erst zwei Wochen danach an Land gespült."

„Oh Gott, wie furchtbar!", rutschte es Victoria sofort heraus. „Das muss für euch ja total schlimm gewesen sein."

„Das war es auch", sagte Mary-Lou leise. „Ich war erst zehn. Dorian war mein großer Bruder. Er hat mich immer beschützt, mir alles gezeigt. Und auf einmal war er nicht mehr da." Sie räusperte sich. „Ich weiß auch nicht, warum ich euch jetzt von ihm erzähle. Wahrscheinlich, weil wir gerade über dich und deine Familie sprachen, Stella."

„Schwierige Themen, so früh am Tag", bemerkte Stella,

und als sie sah, wie ihre Freundin um Fassung rang, beschloss sie, schnell das Thema zu wechseln. Auch wenn sie innerlich schlucken musste bei dem Gedanken, etwas so Gewichtiges im Leben ihrer Freundin nicht gewusst zu haben. „Reden wir über was anderes. Lässt du dir heute dein Tattoo stechen, Vic?"

„Das habe ich vor", sagte Victoria.

„Sie verrät aber nicht, welches Motiv sie sich ausgesucht hat", meinte Mary-Lou. Sie schien froh über den Themenwechsel und hatte sich wieder im Griff.

„Oh ... Sollen wir mitkommen?", fragte Stella. „Es würde mich reizen auszuprobieren, ob der Tätowierer dir ein anderes Bild sticht, wenn ich mich in seiner Gegenwart so konzentriere, dass ..."

„Untersteh dich!" Victoria lachte.

„Stella, du musst schwören, dass du nie deine wie auch immer zu benennende Fähigkeit an uns ausprobierst – auch wenn ich es noch immer nicht wirklich glauben kann", verlangte Mary-Lou.

„Traust du mir nicht?", konterte Stella.

„Unheimlich ist so was schon, falls es stimmt", sagte Mary-Lou.

„Ich glaube nicht, dass du mich zwingen kannst, etwas zu tun, was ich nicht will", sagte Victoria und sah Stella fest in die Augen.

„Soll ich es ausprobieren? Jetzt gleich?"

„Nur zu." Victoria lehnte sich auf ihrem Stuhl zurück und versuchte, ganz entspannt zu bleiben.

Stellas Gesicht war unbewegt. Nach einer Weile spürte

Victoria ein Kribbeln in ihrem rechten Arm. Ihre Hand zuckte in Richtung Tischplatte. Ohne dass Victoria es gewollt hatte, ergriff sie die leere Tasse und führte sie in Richtung Mund. Erst auf halbem Weg gelang es ihr, diese Bewegung zu stoppen. Es kostete sie einige Überwindung, aber dann schaffte sie es, die Tasse auf den Tisch zurückzustellen.

Auf Stellas Stirn hatten sich inzwischen kleine Schweißperlen gebildet, die in der Morgensonne glänzten. Sie lächelte Victoria an.

„Okay, du hast gewonnen. Es hat nicht ganz funktioniert."

„Es hätte funktioniert, wenn ich nicht gewusst hätte, was du gerade tust", gab Victoria zu. „Und es war nicht einfach, dir Widerstand zu leisten. – Du bist ehrlich stark!"

„Das ist gruselig", sagte Mary-Lou und zog die Schultern hoch, als würde sie frieren. Ihre Augen funkelten ironisch. „Stella, ich weiß nicht, ob wir unter solchen Umständen noch Freundinnen sein können."

„Jetzt erst recht", widersprach Victoria, die sehr beeindruckt war. „Stella kann in Zukunft viel für uns tun, stimmt's, Stella? Es ist kein Problem mehr, wenn wir im Unterricht nicht abgefragt werden wollen, weil wir nicht vorbereitet sind. Und Spicken bei Klassenarbeiten ist ab jetzt auch völlig ungefährlich."

Stella grinste. „Daran habe ich noch gar nicht gedacht."

„Wenn du … wenn du die Menschen so manipulieren kannst, dann könntest du auch verhindern, dass mir Stefan einen Korb verpasst, wenn ich ihn um ein Date bitte", überlegte Mary-Lou laut.

„Garantieren kann ich es zwar nicht, aber ich könnte es versuchen", sagte Stella.

„Aber wäre das dann echt?" Mary-Lou ließ ihren Blick über die unbesetzten Stühle und Tische schweifen. „Ich müsste wahrscheinlich immer daran denken, dass du ihn manipuliert hast, und könnte das Date gar nicht genießen."

„Mann, Mary-Lou, schalte mal deinen Verstand aus und hör auf dein Herz!", meinte Victoria. „Unternimm endlich was! Ehrlich. Sonst ist es vielleicht irgendwann zu spät."

„Zu spät?", wiederholte Mary-Lou. „Ach Blödsinn, Vic!"

„Na ja ..." Victoria suchte nach einer unverfänglichen Antwort. „Er ist schon ein attraktives Kerlchen und ..."

„Vic, hör auf damit! Was soll das, dass du mich so drängelst, Stefan anzusprechen?!" Mary-Lou klang genervt. „Oder findest du ihn vielleicht auch ganz süß?" Sie zog fragend die Augenbrauen hoch. Ihr Blick schien Victoria förmlich zu durchbohren. „Süß ist er, keine Frage – aber er ist nicht mein Typ, da kann ich dich beruhigen. Ich will dich doch auch nicht ärgern, Mary-Lou. Es ist nur ..." Victoria zögerte.

„Was?"

„Du und Stella – ihr werdet mich für verrückt halten ..." Sie schluckte. „Ich erzähle es euch heute Abend, okay? Ihr kommt zu mir, und wir feiern mein Tattoo, das ich mir schon so lange gewünscht habe. Einverstanden?"

Mary-Lou sagte gleich zu, während Stella erst in ihrem Timer nachsehen musste, ob kein anderer Termin vorlag.

„Geht in Ordnung, ich kann auch kommen", sagte sie dann. „Was wollen wir machen, DVDs gucken?"

„Ich habe den neuesten Film mit Johnny Depp zu Hause“, meldete sich Mary-Lou zu Wort. „Den kann ich mitbringen.“

„Okay.“ Stella verzog ein wenig die Mundwinkel, sie stand nicht sonderlich auf Johnny Depp. Aber der Film hatte gute Kritiken erhalten und sollte sehr lustig sein.

„Also – ich trinke noch einen zweiten Cappuccino“, sagte Victoria und winkte nach Aimee, die dabei war, die leeren Tische abzuwischen. „Wollt ihr auch noch was?“

Geständnisse

Victoria biss die Zähne zusammen.

„Tut's weh?", fragte Max und hielt einen Moment inne.

„Es geht."

„Versuche, dich zu entspannen. Ich brauche vielleicht noch eine halbe Stunde. Soll ich weitermachen oder sollen wir die Sitzung ein anderes Mal fortsetzen?"

„Weitermachen. Noch mal achtzig Euro kann ich mir nicht leisen."

Max lachte leise und schaltete sein Gerät wieder ein. Das Surren ähnelte dem Geräusch einer elektrischen Zahnbürste. „Aber ich kann dir versichern, dass dein Tattoo sehr schön wird. Eine meiner besten Arbeiten."

„Das will ich doch hoffen."

Max lachte wieder.

Victoria versuchte, sich abzulenken, um sich nicht auf den Schmerz konzentrieren zu müssen. Max arbeitete nun schon zwei Stunden an ihr, und sie sehnte sich danach, sich zu strecken und zu bewegen. Ihre Beinmuskeln fühlten sich hart und verkrampft an, so wie sie dasaß – auf einer Art Hocker und nach vorne gebeugt. Sie lehnte an einer Stange, ihre Stirn konnte sie auf ein Polster legen, die Arme ruhten auf Stützen. Max hatte die Musik lauter gedreht; Heavy-Metal-Klänge dröhnten durch den Raum. Doch Victoria war dafür nicht in Stimmung, sie hätte lieber etwas weniger Aggressives gehört, beispielsweise *Evanescence.* Aber sie wagte es nicht, Max um andere Musik zu bitten.

Der Tätowierer arbeitete sehr konzentriert. Er roch nach Schweiß und Zigaretten. Die Mischung aus Gerüchen, Musik und Schmerz führte dazu, dass Victoria sich schwummrig fühlte. Was, wenn sie hier, im Tattoo-Studio, plötzlich wieder einen Zeitsprung machen würde? Nach wie vor hatte sie keine Ahnung, was dazu geführt hatte, dass sie zwei Tage in die Zukunft gereist war. Es war während des Schlafs geschehen, gegen Morgen … Sie hatte keine Erinnerung an ihren letzten Traum und ob etwas darin vorgekommen war, was die Reise ausgelöst hatte. Ob sie das Rätsel jemals lösen würde?

Zwanzig Minuten später war Max fertig. Auf seinem schwarzen Muscle-Shirt zeichneten sich Schweißflecken ab, als er aufstand.

„Na, zufrieden?“ Er reichte Victoria einen Spiegel, damit sie ihr Tattoo von allen Seiten betrachten konnte.

Ein Drache, nach chinesischer Tradition ohne Flügel. Eher wie eine Seeschlange, mit vier Gliedmaßen, die in Krallen endeten. Der Kopf mit dem glühend roten Auge wandte sich nach rechts, die Zunge hing drohend aus dem Rachen. Rot und schwarz, sehr grafisch und wunderschön. Das Leiden hatte sich gelohnt, wie Victoria fand.

„Super!“ Sie war begeistert.

Ihre Haut war nach der anstrengenden Prozedur etwas

gerötet, und Max gab ihr Pflegetipps für die nächsten Tage. Als sie an der Kasse bezahlte, erhielt sie noch eine Tube Ringelblumensalbe gratis.

„In den kommenden acht Wochen vorsichtig mit der Sonne sein", schärfte Max ihr ein.

„Klar, weiß ich."

„Wenn etwas ist, kannst du gern kommen. Ansonsten hoffe ich, dass du mich weiterempfiehlst."

„Logisch. Du wirst rasenden Zulauf bekommen, wenn die anderen meinen Drachen sehen." Victoria grinste.

Als sie das Studio verließ und auf die Straße trat, war ihr ein bisschen schwindlig. Kein Wunder nach dem langen Stillsitzen. Victoria überlegte, ob sie noch irgendwo etwas trinken sollte, doch dann entschied sie sich, auf direktem Weg nach Hause zu fahren. Sie fühlte sich müde und angestrengt und sehnte sich danach, sich auf die Couch zu legen und sich von Daily Soaps berieseln zu lassen.

Victoria hatte Glück und erwischte gleich einen Bus. Als sie die Haustür aufschloss, stand ihre Mutter im Flur und warf gerade einen letzten Blick in den Spiegel.

„Hi, Mum!" Victoria küsste ihre Mutter auf die Wange. „Willst du schon weg?" Die Schicht begann normalerweise erst um 19 Uhr.

„Ja, ich habe versprochen, heute etwas früher in die Klinik zu kommen", erwiderte Susanne Bruckner. „Wir haben so viel zu tun zurzeit."

„Du lässt dich ausnutzen", stellte Victoria fest.

Frau Bruckner ging nicht auf ihre Bemerkung ein, sondern lächelte nur. „Du weißt ja, wo du etwas zu essen findest. Die Tiefkühltruhe ist auch voll, ich war einkaufen. Nimm dir, worauf du Lust hast."

„Das passt gut, Stella und Mary-Lou kommen nachher. Willst du mein Tattoo sehen, Mum? Es ist fantastisch geworden." Victoria zog vorsichtig die Folie ab, mit der das Tattoo bedeckt war.

„Sehr schön." Frau Bruckner drehte den Arm ihrer Tochter. „Irgendwie elegant. Ich glaube, wenn ich jünger wäre, würde ich mir auch so was machen lassen."

„Im Ernst, Mum?"

„Warum nicht?"

„So alt bist du doch noch gar nicht."

„Danke! Was glaubst du, was meine Kollegen in der Klinik dazu sagen würden?" Frau Bruckner lachte.

„Die würden sagen: *Cool, Susanne*!" Victoria legte die Folie wieder auf das Tattoo. Sie musste daran denken, wie der Drache während ihres Zeitsprungs die Augenfarbe geändert und den Kopf gedreht hatte. Eine Gänsehaut kroch ihr den Rücken empor. *Nicht darüber nachdenken!*

Frau Bruckner griff nach den Autoschlüsseln. „Ich muss los, Liebes. Macht euch einen schönen Abend."

Die Haustür fiel hinter ihr zu.

Die Sonne war schon untergegangen, aber am Himmel war noch ihr blutroter Widerschein zu sehen, umgeben von schwarzen Nachtwolken. Die Luft war warm, trotzdem stieg deutlich Dampf aus dem Whirlpool auf, der auf der überdachten Veranda stand.

Mary-Lou war als Erste im Wasser. Sie schrie entzückt auf und tauchte bis zu den Schultern ein.

„Ihr müsst reinkommen, Mädels! Es ist herrlich!“

Sie schaltete die Unterwasserbeleuchtung ein, und der Pool erstrahlte in bläulich magischem Licht.

Victoria balancierte vorsichtig das Tablett mit den Prosecco-Gläsern und stellte es auf den Rand. Sie fragte sich, was ihre Mutter wohl sagen würde, wenn sie wüsste, dass ihre Tochter mit ihren besten Freundinnen eine Poolparty feierte – und das mitten in der Woche.

Stella schwang ihre langen Beine über den Rand. Sie trug einen knappen blauen Bikini, der ihren durchtrainierten Körper betonte. Das blonde Haar hatte sie zu einem Pferdeschwanz zusammengebunden. Sie warf Victoria einen besorgten Blick zu. „Geht das auch mit deinem Arm? Hält die Folie?“

„Ja, es ist gut“, bestätigte Victoria. Da ihr Tattoo nicht nass werden sollte, hatte Stella Victorias Oberarm mit Frischhaltefolie umwickelt und die Ränder abgeklebt. Victoria kam sich damit zwar etwas lächerlich vor, aber die Haut sollte sich schließlich nicht entzünden.

„Gesundheit vor Schönheit“, scherzte sie, als sie in den Whirlpool kletterte. Der schwarze Bikini fühlte sich schon etwas ausgeleiert an, sie musste sich dringend einen neuen kaufen. Sie schimpfte insgeheim auf den Hersteller. Sie hatte sich den Bikini erst im vorigen Jahr gekauft, er war sündhaft teuer gewesen, und die Verkäuferin hatte ihr versichert, dass das Gewebe gegen Chlorwasser resistent wäre. Eine glatte Lüge.

Victoria ließ sich in das warme Wasser gleiten, das sie wohlig von allen Seiten umschloss. Mary-Lou drückte auf den Einschaltknopf der Mini-Stereoanlage. *Evanescence. My Immortal.*

„Mach lauter, man hört ja fast nichts bei dem Geblubber", forderte Stella und langte dann selbst nach dem Lautstärkeregler.

„Nicht so laut", warnte Victoria. „Die Nachbarn müssen unsere kleine Poolparty ja nicht mitkriegen."

„Sei keine Spaßbremse", meinte Stella und lehnte sich zurück, um die Massagefunktion des Pools zu genießen. „Wenn ich so ein Ding zu Hause hätte, würde ich jeden Tag reinspringen. Einfach göttlich!"

„Mum nutzt den Pool kaum." Victoria streckte sich aus. Das Wasser perlte um ihren Körper. Sie versuchte sich zu entspannen. Die Köpfe der anderen Mädchen verschwammen im Dampf.

Mary-Lou verließ ihren Platz, um die Sektgläser zu verteilen. Schließlich hatte jedes der Mädchen eins in der Hand. Sie stießen an.

„Auf uns!"

„Ja!" Victoria blickte Stella und Mary-Lou an. „Auf die besten Freundinnen der Welt!"

„Und noch viele, viele gemeinsame Abende wie heute!", ergänzte Stella.

„Cheers!" Mary-Lou grinste und nahm einen Schluck.

In diesem Moment flackerte das Licht des Whirlpools – einmal, zweimal … Dann ging es ganz aus. Auch die Massagefunktion erstarb, gleichzeitig schwieg die Stereoanlage.

„Was ist denn jetzt los?“ Victoria war alarmiert. „Stromausfall? Ein Kurzschluss?“ Sie wollte den Whirlpool verlassen. „Ich hole Kerzen.“

„Warte.“ Mary-Lous Stimme war heiser.

Victoria sah in der Dunkelheit, wie sie ihr Glas abstellte. Ihre Hand zitterte dabei. Ein kühler Windstoß fegte über die Terrasse. Victoria ließ sich bis zum Hals ins warme Wasser gleiten. Erst als ihr Oberarm zu brennen anfing, dachte sie wieder an ihr Tattoo, das eigentlich nicht mit Wasser in Berührung kommen sollte. Mist!

Der Nebel über dem Whirlpool schien dichter zu werden. Victoria fröstelte trotz des warmen Wassers. Irgendetwas ging hier vor …

Mary-Lou fixierte einen Punkt hinter Victorias Kopf und schien kaum merklich ihre Lippen zu bewegen. Es hatte beinahe etwas Beschwörendes.

Stella saß da wie erstarrt. Das Lachen war aus ihrem Gesicht verschwunden, sie umklammerte krampfhaft ihr Sektglas.

Victoria spürte ein Kribbeln an ihrem Hinterkopf. Es fühlte sich fast so an, als ob jemand ganz dicht hinter ihr stand. Für den Bruchteil einer Sekunde sah sie im Wasser einen Schatten. Da war ihr Gesicht – und daneben die Umrisse eines anderen Kopfes. Männlich. Doch schon verschwammen die Konturen. Die Musik ging wieder an, ebenso die Unterwasserbeleuchtung. Der Pool begann zu blubbern.

Mary-Lou seufzte. Sie schien erleichtert.

Ein paar Sekunden lang sprach niemand.

Dann fragte Stella: „Was zum Teufel war das eben?“
Mary-Lou räusperte sich und wich ihrem Blick aus.
Stella beugte sich vor. „Du weißt etwas, Mary-Lou! Spiel nicht die Unschuldige! Hast du etwa eben mit der Technik gespielt, um ein bisschen besondere Atmosphäre zu schaffen, oder was sollte das Ganze?“
„Ich habe nichts gemacht“, verteidigte sich Mary-Lou. „Allerdings …“ Sie blickte zu Victoria, als könnte sie von ihr Unterstützung erwarten. „Er … er war gerade da.“
„Wer?“, fragten Stella und Victoria wie aus einem Mund.
„D-dorian …“
„Aber dein Bruder ist doch tot!“ Stella schüttelte den Kopf. „Moment, jetzt nicht so eine Nummer, ja? Mir reicht schon, dass ich selbst nicht sicher bin, ob ich ganz richtig im Kopf bin. Jetzt fang du nicht an, uns etwas von Geistern weismachen zu wollen! – Das ist es doch, worauf du hinauswillst, richtig?“ Stellas Stimme klang schrill. „Außerdem dachte ich immer, dass Vic für Geister und das Jenseits zuständig ist. Das passt gar nicht zu dir, Mary.“
„Mach über so was keine Witze.“ Victoria hatte noch immer das Gefühl, dass ihre Kehle wie zugeschnürt war.
„Ich muss euch etwas sagen.“ Mary-Lou streckte sich mühsam und machte Anstalten, den Whirlpool zu verlassen. „Aber nicht hier draußen. Lasst uns reingehen, mir ist kalt.“
Stella zog die Augenbrauen hoch, sagte aber nichts.
„Okay.“ Auch Victoria hatte nach dem unheimlichen Erlebnis genug. Sie sehnte sich nach einer heißen Dusche. Und danach, unter eine weiche Kuscheldecke zu kriechen.

Irgendwie war es auf der Terrasse plötzlich kühl und ungemütlich.

Mary-Lou wickelte sich in ein großes Badetuch und lief ins Haus. Stella stellte noch die Gläser aufs Tablett und räumte die Stereoanlage zur Seite. Victoria schaltete den Whirlpool aus, stieg frierend heraus und angelte nach ihrem Handtuch.

„Boah, ich habe vorhin echt Angst gekriegt", murmelte Stella. „Das war ja eine kurze Poolparty. Bin gespannt, was Mary uns sagen will!"

Victoria nickte leicht abwesend. Sie war froh, als sie im Haus waren und sie die Tür hinter sich schloss. Sie schaltete sämtliche Lichter an. Stella meckerte deswegen, aber Victoria ging nicht darauf ein.

Mary-Lou war schon unter der Dusche, man hörte das Wasser brausen.

„Ist dir auch so kalt?", wollte Victoria von Stella wissen.

„Geht so." Stella zuckte die Achseln.

„Da … da war auf einmal so ein Schatten im Wasser …"

Stella runzelte die Stirn. „Und was soll das gewesen sein?"

„Eine fremde Gestalt. Ein Gesicht …"

„Unsinn. Das hast du dir sicher nur eingebildet."

„Und der plötzliche Stromausfall? Der eisige Windstoß?", fauchte Victoria. „Habe ich mir das auch eingebildet?"

„Nein, aber deswegen musst du nicht gleich so hysterisch reagieren."

Mary-Lou kam aus der Dusche, eingewickelt in ihr Badetuch. „So, die Nächste bitte!" Sie versuchte ein Lächeln. „Bei meiner Frisur brauche ich wenigstens keinen Föhn."

„Wer's mag", meinte Stella. Sie sah Victoria an. „Du oder ich? Ich glaube, du hast die heiße Dusche nötiger, deine Lippen sind ganz blau."

„Danke." Victoria schlüpfte ins Bad und unter die Dusche. Sie stellte das Wasser so heiß, wie sie es eben noch ertragen konnte. Die Kälte in ihrem Innern wollte sich erst nicht vertreiben lassen. Victoria legte den Kopf in den Nacken und versuchte, sich zu entspannen. War sie zu nervös? Das Erlebnis mit dem Zeitsprung hatte zweifellos an ihren Nerven gezerrt, und dass sie noch immer keine Erklärung dafür hatte, machte die Sache nicht besser. Einfach vergessen ging leider nicht. Sie musste mit der Erfahrung leben und konnte nur hoffen, dass sie sich nicht wiederholen würde. Wenn sie nur mit jemandem darüber reden könnte! Jemand, der ihr versichern würde, dass sie nicht verrückt war …

Erst als das Wasser langsam kalt wurde, stellte Victoria die Dusche ab. Sie holte ein frisches, flauschiges Badetuch aus dem Schrank und wickelte sich hinein. Es war riesig und der weiche Stoff fühlte sich auf ihrer Haut himmlisch an. Sie verknotete ein Handtuch über ihren nassen Haaren und ging dann zu ihren Freundinnen, die es sich im Wohnzimmer gemütlich gemacht hatten. Stella hatte den Kamin angezündet und im Zimmer herrschte wohlige Wärme.

„Du musst leider noch ein bisschen warten mit dem Duschen, Stella, ich habe das ganze warme Wasser aufgebraucht", gestand Victoria, während sie sich auf die riesige Couch setzte, wo sich auch schon Mary-Lou ausgestreckt hatte.

„Nicht nötig, ich dusche einfach morgen früh“, sagte Stella und legte noch ein Holzscheit nach. „Jetzt will ich endlich wissen, welches Geheimnis Mary-Lou hat. Sie wollte mir nichts sagen, solange du unter der Dusche warst, Vic.“ Sie schnitt eine Grimasse.

„Okay.“ Mary-Lou setzte sich auf. „Jetzt seid ihr ja alle da … Also … Versprecht, dass ihr mir glauben werdet, auch wenn sich alles ganz merkwürdig anhört.“

Victoria und Stella wechselten einen Blick.

„Jetzt mach's nicht so spannend, Mary-Lou“, sagte Stella. „Wir sind schließlich deine Freundinnen, und warum solltest du uns belügen? Außerdem bin ich schon erheblich in Vorleistung gegangen heute Morgen. Also, schieß endlich los mit deiner Geschichte.“

Mary-Lou räusperte sich. „Ich habe euch doch erzählt, dass ich einen Bruder hatte, der gestorben ist.“ Sie holte tief Luft. „Seit ungefähr vier Wochen spricht er mit mir und ich kann ihn manchmal auch sehen.“ Sie blickte auf ihre Füße. Ihre nackten Zehen gruben sich in den flauschigen Flokati-Teppich.

Schweigen.

„Das ist nicht dein Ernst, Mary-Lou, oder?“, fragte Stella dann.

„Ich weiß, dass es unglaublich klingt.“ Mary-Lous Stimme hörte sich rau an. „Beim ersten Mal bin ich total erschrocken. Es war mitten in der Nacht. Ich lag in meinem Bett und war aufgewacht, weil ich aufs Klo musste. Auf einmal hörte ich ein Flüstern in meinem Zimmer. Jemand flüsterte immer wieder meinen Namen. Ich knipste sofort das Deckenlicht an, aber da war niemand. Auch das Flüstern hörte auf. Aber als ich das Licht ausschaltete, setzte es wieder ein. Ich war starr vor Furcht. Schließlich nahm ich all meinen Mut zusammen und fragte: ‚Wer ist da?'"

Sie machte eine kurze Pause. „Die Stimme antwortete: ‚Ich bin's. Dein großer Bruder Dorian. Hab keine Angst. Ich bin gekommen, um dich zu beschützen und dich zu warnen.'"

„Das klingt reichlich schräg", sagte Stella skeptisch.

„Ich weiß", entgegnete Mary-Lou. „Aber ich schwöre, es ist die Wahrheit. Zuerst dachte ich, dass mir jemand einen Streich spielte. Doch dann kam ich immer mehr zu der Überzeugung, dass es tatsächlich Dorian war, der mich besuchte. Er erzählte mir Dinge, die nur wir beide wissen konnten." Sie räusperte sich. „An diesem ersten Abend sagte er, dass ich vorsichtig sein sollte. Man würde mich beobachten. Ich wollte natürlich nachfragen, doch da verabschiedete sich Dorian. Er sagte, es koste ihn viel Kraft, mit mir zu sprechen."

Victoria hatte eine Gänsehaut bekommen.

„Zwei Nächte später kam er wieder", fuhr Mary-Lou fort. „Ich erschrak nicht mehr ganz so schlimm. Wir unterhielten uns auch länger, und allmählich fing ich an, ihm zu vertrauen."

„Strange", sagte Stella. „Du kannst also mit einem Toten reden. Das ist ziemlich schwere Kost für mich, sorry."

Victoria beugte sich nach vorne. Nachdem sie diese irrwitzige Reise in die Zukunft gemacht hatte, hielt sie es durchaus für möglich, dass sich Mary-Lou tatsächlich mit ihrem toten Bruder unterhielt. Außerdem war da ja noch das Gesicht im Pool …

„Was hat er sonst noch erzählt?", fragte sie.

„Dorian hat hauptsächlich über mich und unsere Familie geredet", erwiderte Mary-Lou. „Und er hat immer wieder betont, dass ich in Gefahr sei."

„Dorian ist das Produkt deines Unterbewusstseins", sagte Stella.

„Ach ja? Und warum erzählt er mir dann, dass ich bereits seit meiner Geburt beobachtet werde?", gab Mary-Lou schnippisch zurück.

„Hm, keine Ahnung, vielleicht hast du so was wie beginnende Paranoia", meinte Stella.

Mary-Lou warf ein Sofakissen nach ihr. „Du nimmst mich nicht ernst! Ich schwöre, dass jedes Wort wahr ist. – Glaubst du mir wenigstens, Vic?"

Victoria nickte. „Ich bin sicher, dass du dir Dorian nicht ausgedacht hast."

„Danke." Mary-Lou lächelte.

„Und warum wirst du beobachtet?", fragte Stella. „Hat Dorian das auch gesagt?"

„Es muss etwas mit meiner Geburt zu tun haben. Mehr weiß ich nicht." Mary-Lou atmete tief aus. Wieder trat für einige Augenblicke Schweigen ein.

„Und wer, meinst du, beobachtet dich?", wollte Victoria dann wissen.

„Sie nennen sich *Watchers*."

„Also, für mich klingt das schon irgendwie nach Verfolgungswahn, tut mir leid", sagte Stella. „Allerdings hast du bisher auf mich immer völlig normal gewirkt, das spricht für dich."

Mary-Lou schnitt eine Grimasse. „Soll ich jetzt vielleicht Danke sagen, oder wie?"

Stella stand auf und fing an, im Zimmer herumzugehen. „Ich versuche ja nur, sachlich zu bleiben und keine voreiligen Schlüsse zu ziehen. Du musst zugeben, dass es schon etwas seltsam ist, wenn dir plötzlich jemand erzählt, dass er mit Toten Kontakt hat."

„Nur mit einem", korrigierte Mary-Lou. „Es ist nicht so, dass ich auf einmal massenhaft Gespenster sehe."

„Okay", sagte Victoria. „Ich gehe davon aus, dass es stimmt, was Mary-Lou sagt. Warum bist du so misstrauisch, Stella? Das, was du uns heute Morgen vorgeführt hast, ist ja auch nicht alltäglich. Wir könnten dir unterstellen, dass alles ein Trick war und du dich mit der Bedienung im *Crazy Corner* abgesprochen hast."

„Stimmt." Stella setzte sich wieder. „Das könntet ihr behaupten. – Gut, ich gebe zu, in dieser Hinsicht bin ich nicht ganz normal."

Victoria räusperte sich. Sie zögerte, bevor sie zu erzählen anfing. „Ich wollte euch doch heute auch was sagen. Mir ist nämlich ebenfalls etwas sehr Merkwürdiges passiert", begann sie. „Das toppt euch beide. Wenn wir alle drei nicht normal sind, dann bin ich die Nummer eins von uns. Und wenn wir schon dabei sind, verrückte Geheimnisse loszuwerden, dann ... Oder habt ihr genug von unwahrscheinlichen Geschichten?"

„Jetzt erzähl schon", drängte Mary-Lou. „Irgendwie

scheint jede von uns gerade außergewöhnliche Erfahrungen zu machen. Merkwürdiger Zufall!“

Victoria versuchte, sich kurz zu fassen, als sie ihr Erlebnis mit dem Zeitsprung schilderte. Keine ihrer beiden Freundinnen sagte einen Ton. Sie endete damit, wie erleichtert sie gewesen war, sich nach ihrer Ohnmacht auf der Toilette im eigenen Bett wiederzufinden.

„Und die Welt war wieder wie immer“, schloss sie ihren Bericht ab.

Mary-Lou wirkte beeindruckt. Stellas Gesicht hingegen ließ keine Gefühlsregung erkennen.

„Einen Traum schließt du aus?“

„Ja. Dafür war alles viel zu real.“

Stella holte tief Luft. „Das muss ich erst einmal verdauen. Wo hast du den Prosecco hingestellt, Vic? Ich glaube, den brauche ich jetzt.“

„Ja, für mich bitte auch Chips“, ergänzte Mary-Lou sofort.

Victoria stand auf, um in die Küche zu gehen. Als sie zurückkam, blieb sie in der Tür stehen, das Tablett mit Gläsern, Proseccoflasche und Chips balancierend. „Da gibt's noch was, das ihr wissen müsst. Es tut mir leid, Mary-Lou. Meine Mutter erzählte mir in meiner *Vision* von einem schweren Unfall. Ein Motorradfahrer wurde in die Klinik eingeliefert und sie hatte ihn operiert. Aber danach lag er im künstlichen Koma, und sie konnten nicht sagen, ob er durchkommt.“

Mary-Lou schaute sie an. „Und was hat das mit mir zu tun?“

„Es war Stefan. Stefan Auer.“

Mary-Lou wurde blass. Sie schluckte. „Ah. Jetzt verstehe ich. Deswegen hast du also die Andeutungen gemacht, dass es vielleicht zu spät sein könnte …“

Victoria stellte die Schale mit den Chips auf den Couchtisch, verteilte die Gläser und setzte sich. „Vielleicht lässt sich der Unfall ja verhindern.“

„Und wie?“, fragte Mary-Lou, während Stella wortlos die Flasche ergriff und allen einschenkte.

„Indem du Stefan davon abhältst, sich zum fraglichen Zeitpunkt auf sein Motorrad zu setzen“, antwortete Victoria.

„Eine gute Idee“, sagte Stella. „Das müsste dich doch ermutigen, Mary-Lou. Du bittest Stefan um ein Date – aber nicht aus Egoismus, sondern um ihm das Leben zu retten.“

„Haha“, sagte Mary-Lou mit harter Stimme. „Soll ich das jetzt witzig finden, oder wie?“ Sie griff in die Schale mit den Kartoffel-Chips und stopfte sich gierig eine Handvoll in den Mund.

„Mary“, sagte Victoria, „ich weiß ja selber, wie irre das alles klingt. Aber deine Geschichte mit Dorian ist auch nicht viel glaubwürdiger. Es ist, als würde die Welt ringsum plötzlich kopfstehen. Du bist davon überzeugt, dass du wirklich mit deinem toten Bruder sprichst, und ich glaube fest daran, dass ich tatsächlich in die Zukunft gereist bin. Obwohl ich dafür nicht die geringste Erklärung habe.“

Mary-Lou nickte. „Okay. Es könnte ja tatsächlich so sein … Und wenn Stefan etwas zustößt … “ Die anderen sahen, wie sie innerlich mit sich kämpfte. „Ich werde ihn morgen ansprechen.“

„Gut so!" Victoria freute sich, dass Mary-Lou endlich über ihren Schatten sprang. Sie hoffte so sehr, dass sich das Unglück verhindern ließ. Konnte man dem Schicksal ins Handwerk pfuschen? Sie wollte jetzt nicht darüber nachgrübeln, sondern einfach annehmen, dass es funktionierte.

„So, nach all den schwerwiegenden Geständnissen machen wir es uns jetzt gemütlich." Sie versuchte ein fröhliches Lachen. „Ich glaube, sich mit einem Film abzulenken, ist jetzt die einzig wahre Alternative, oder habt ihr einen besseren Vorschlag?"

Stella und Victoria nickten dankbar.

„Aber lasst uns erst noch mal anstoßen", sagte Stella und griff nach dem Sektglas. „Auf all die Merkwürdigkeiten und auf dass wir bald eine Erklärung dafür finden."

Die Gläser klirrten.

Victoria spürte das angenehme Prickeln des Proseccos in der Kehle. Das tat gut. Sie schloss kurz die Augen und atmete tief durch.

„Na dann, welche DVD wollen wir zuerst angucken?", fragte Mary-Lou in die Runde.

Mary-Lous Date

Sie hatten die halbe Nacht geredet und eine zweite Flasche Prosecco geöffnet. Als Victorias Wecker klingelte, lagen gerade mal zwei Stunden Schlaf hinter ihnen. Mary-Lou, die in Vics breitem Bett schlief, drehte sich zur Seite und zog sich das Kissen über den Kopf.

Stella hatte auf der Campingliege geschlafen, die am Fußende des Bettes stand. Sie war sofort hellwach und ging als Erstes zum offenen Fenster, um die Morgenluft einzuatmen.

„Ich gehe dann mal ins Bad", kündigte Stella an. „Hoffentlich werdet ihr Schlafmützen inzwischen auch wach!"

Im Vorübergehen kitzelte sie Mary-Lou an den nackten Fußsohlen, was diese mit einem lauten Schrei quittierte.

„Du bist gemein!" Mary-Lou fuhr hoch und warf das Kissen nach Stella. Es prallte gegen die Wand. Stella zog rasch die Tür hinter sich zu.

Mary-Lou drehte sich zu Victoria um und blinzelte verschlafen. „Guten Morgen! Oh, ich bin noch so müde! Müssen wir unbedingt aufstehen?" Sie sank wieder aufs Bett zurück und zog die Decke hoch.

„Vergiss nicht, du musst Stefan fragen", erinnerte Victoria sie.

„Ach ja, stimmt! Verdammt!“ Mary-Lou rieb sich die Augen. „Was ist nur los mit uns? Warum ist plötzlich alles ganz anders? Liegt das an uns oder wer ist schuld?“

„Ich habe keine Ahnung“, antwortete Vic. „Ich kapiere das ja selbst nicht.“ Sie schüttelte den Kopf. „Meinst du, es wiederholt sich? Oder war das eine einmalige Sache?“

„Redest du von mir oder von dir?“ Mary-Lou fuhr sich mit der Hand durch das kurze Haar und stand auf. Sie trug ein langes T-Shirt als Nachthemd und sah darin zart und zerbrechlich aus. Wie eine Elfe. Ihre Haut war sehr blass unter den Sommersprossen. „Was Dorian angeht, so kommt er regelmäßig. Nicht jede Nacht, aber sehr oft. Manchmal reden wir gar nicht und ich kann ihn auch nicht immer sehen, aber ich spüre seine Anwesenheit deutlich.“

„Wie merkst du das?“

„Ich fühle, dass er da ist. Es ist, als stünde er hinter mir und ich bräuchte mich bloß umzudrehen. Manchmal kribbelt auch mein Nacken oder die Haut auf meinen Armen. Es ist nicht unangenehm. Es ist irgendwie ... sicher.“

Victoria gab sich einen Ruck. „Ich habe gestern im Pool einen Schatten im Wasser gesehen. Das war nicht mein Spiegelbild. Auch nicht das Spiegelbild von euch. Es war ein Junge.“

„Wow, das ist ... Ich bin sicher, dass er es war“, flüsterte Mary-Lou.

„Kann er das denn? Für andere sichtbar sein?“

„Ich weiß es nicht, Vic. Es kostet ihn viel Energie, wenn er Gestalt annimmt.“

„Und wie sieht er aus?“

Mary-Lou zögerte. „Groß. Muskulös. Er hat dunkles Haar, das ein bisschen länger ist. Meine Mutter würde ihn sofort zum Frisör schicken." Sie lachte. „Ich denke, er würde dir gefallen, ich kenne ja dein Beuteschema. *Groß und dunkelhaarig und möglichst Locken.*"

„Ich weiß nicht, ob ein Geist in mein Beuteschema passt." Victoria kicherte. „Er ist mir vielleicht etwas zu ... äh, wie soll ich sagen, ... flüchtig? Zu ätherisch? Jedenfalls nicht handfest genug. Oder kann man Geister küssen?"

„Ich werde Dorian das nächste Mal danach fragen."

„Untersteh dich." Victoria wurde wieder ernst. „Hast du eine Ahnung, was das für eine Gefahr ist, vor der er dich warnt? Wer sind diese *Watchers*?"

„Wenn ich wüsste, wer mich beobachtet, dann wäre mir wohler." Mary-Lou betrachtete sich im Spiegel.

„Macht es dir Angst, dass du beobachtet wirst?"

„Ich darf einfach nicht darüber nachdenken, sonst steigere ich mich rein und vermute in jedem Menschen, den ich treffe, einen *Watcher*."

„Ich weiß nicht, wie ich damit umgehen würde", murmelte Victoria. „Vielleicht würde ich die Polizei benachrichtigen."

„Dorian sagt, dass die Polizei in diesem Fall wenig ausrichten kann. Die *Watchers* sind zu raffiniert und agieren im Verborgenen."

In diesem Moment kam Stella zurück. Ihr Haar war tropfnass. „Kannst du mir einen Föhn geben, Vic? Mein Haar braucht sonst ewig zum Trocknen, weil es so dicht ist."

Victoria holte ihren Föhn aus dem Schrank und Stella verschwand damit wieder im Bad. Nach einem Blick auf den Wecker meinte Victoria: „Ich glaube, ich werde dann mal Frühstück für uns machen."

Die Küche sah noch genauso aus wie am Abend zuvor. Offenbar war Frau Bruckner noch nicht von der Klinik zurück. Vic seufzte. Ihre Mutter arbeitete zu viel! Irgendwann würde sie einfach zusammenklappen.

Victoria holte Orangensaft aus dem Kühlschrank, warf die Kaffeemaschine an und öffnete eine frische Packung Toastbrot. Sie deckte den Tisch und stellte Milch und Müslitüte neben die Marmelade und die Schokocreme, damit ihre Freundinnen sich das nehmen konnten, was sie wollten.

Ihr rechter Oberarm juckte. Die Haut war gerötet, und das rote Auge des Drachen schien an diesem Morgen regelrecht zu glühen. Victoria bereute es, dass sie am Abend zuvor so unvorsichtig gewesen war und sich nicht an den Rat des Tätowierers gehalten hatte, möglichst kein Wasser an das Tattoo ranzubringen. Hoffentlich entzündete sich die Stelle nicht! Sie beschloss, ihre Mutter später mal einen Blick darauf werden zu lassen, vorsichtshalber. Dann ging sie zur Treppe und rief: „Frühstück ist fertig!"

Wenig später erschienen Stella und Mary-Lou. Stella stieß leise Begeisterungsschreie aus und stürzte sich sofort auf die Schokocreme, während Vic zwei neue Toastscheiben in den Toaster schob. Mary-Lou schenkte sich nur eine Tasse Kaffee ein und starrte dann gedankenverloren auf den Tisch.

„Glaubt ihr, der Unfall lässt sich wirklich verhindern?"

„Willst du jetzt etwa einen Rückzieher machen?", fragte Stella.

„Ich habe einfach Angst davor, zurückgewiesen zu werden", erklärte Mary-Lou. „Dass ich den Ansprüchen nicht genüge. Dass ich nicht hübsch genug bin, nicht klug genug, ach, was weiß ich!" Sie zuckte mit den Schultern.

„So was nennt man Minderwertigkeitskomplexe", kommentierte Stella.

„Kann sein."

„Das hast du doch gar nicht nötig. Du siehst gut aus, bist intelligent, liebenswürdig ..."

„Und latent kriminell, verbohrt und zickig ...", ergänzte Mary-Lou die Aufzählung.

„Wenn du so von dir denkst, dann solltest du schleunigst eine Therapie machen, die dein Selbstbewusstsein aufpäppelt", meinte Stella.

Mary-Lou schenkte sich Kaffee nach. „Okay. Ich werde Stefan ansprechen, auch wenn ich dabei tausend Tode sterbe. Auf eure Gefahr hin! Wenn er mich abweist oder auslacht, dann müsst ihr mich zum Trost ins Café einladen und mir ein Riesenstück fette Sahnetorte spendieren!"

„Machen wir!" Stella grinste.

Noch während die Mädchen frühstückten, kam Frau Bruckner zurück. Sie sah sehr erschöpft aus.

„Hallo, Stella, hallo, Mary-Lou!" Sie gab Victoria einen Kuss auf die Wange.

„Möchtest du mit uns frühstücken, Mum?“, fragte Victoria. „Es ist alles da, du musst dich nur an den Tisch setzen.“

„Lasst mal, Mädels. Es ist zwar gut gemeint, aber ich lege mich besser gleich ins Bett. Ich habe mir unterwegs ein Croissant gekauft. Ich bin todmüde.“

Sie winkte den Mädchen kurz zu und verschwand.

„Den Job möchte ich wirklich nicht machen“, sagte Stella. „Auch wenn man damit gut verdient. Euer Haus ist ein Traum.“

„Das haben meine Eltern noch gemeinsam gebaut, bevor sie sich getrennt haben“, sagte Victoria. „Mein Dad lässt uns großzügigerweise darin wohnen.“ Sie schnitt eine Grimasse, als sie an ihren Vater und seine neue blutjunge Lebensgefährtin dachte.

„Gegen einen Whirlpool hätte ich auch nichts“, meinte Mary-Lou. Sie stand auf. „Ich bin fertig. Kann ich ins Bad oder ist da jetzt deine Mutter drin?“

„Die ist vermutlich gleich ins Bett gegangen“, sagte Vic.

Mary-Lou verließ die Küche.

„Ob sie sich wirklich traut, Stefan anzusprechen?“ Stella nahm sich noch einen Toast. „Ich hoffe, wir haben genügend Überzeugungsarbeit geleistet.“

„Das hoffe ich auch.“ Victoria untersuchte wieder ihr Tattoo. Die Augen des Drachen kamen ihr jetzt weniger flammend vor.

„Tut es weh?“

„Die Haut spannt ein bisschen.“

„Du solltest etwas von der Ringelblumensalbe drauftun.“

„Gute Idee.“

„Übrigens …“ Stella blickte Victoria an. „Ich glaube dir deine Geschichte. Auch wenn sie völlig verrückt klingt. Ich habe heute Nacht noch einmal darüber nachgedacht.“

„Danke“, sagte Victoria erleichtert.

„Vielleicht wünsche ich mir ja auch, dass unser Leben etwas spannender wird.“ Stella grinste.

Mary-Lou hatte Herzklopfen. Ihre Hände waren eiskalt. Sie ärgerte sich wegen ihrer Nervosität. Was war denn dabei, einen Jungen anzusprechen? Die Zeiten, in denen ein Mädchen auf seinen Traumprinzen warten musste und selbst nicht aktiv werden durfte, waren längst vorbei!

„Nun geh schon“, drängte Victoria. „Sonst ist die Pause vorbei und du hast wieder nichts gemacht.“

„Drückt ihr mir die Daumen?“

„Klar.“

„Wird schon klappen“, fügte Stella hinzu. „Wenn du willst, kann ich ja ein bisschen nachhelfen, damit Stefan zusagt.“

Mary-Lou sah ihr fest in die Augen. „Tu das bitte nicht, ja? Ich will, dass er sich selbst entscheidet.“

„Okay. War nur ein Angebot.“

„Danke, ich weiß es zu schätzen.“ Mary-Lou ging los, quer über den Schulhof. Stefan stand an der Mauer, zusammen mit zwei anderen Jungs. Sie unterhielten sich. Mary-Lou hatte weiche Knie. Bei einer Ballettaufführung konnte sie vor Hunderten von Zuschauern tanzen, ohne Lampenfieber zu haben. Im Gegenteil. Sie genoss es sogar jedes Mal, auf der Bühne zu stehen und ihren Körper unter vollkommener Kontrolle zu haben. Die einstudierten Schritte zu machen. Sich von ihrem Partner auffangen zu lassen. Mit Schwung durch die Luft zu wirbeln.

Vielleicht half es, wenn sie sich vorstellte, auf der Bühne zu sein. Ihre Aufgabe war es, zu Stefan zu laufen und ihn anzulächeln. Er würde ihre Hände nehmen und sie dann in seinen nächsten Part miteinbeziehen ...

Ihr Herz beruhigte sich. Ihre Ohren blendeten die Geräusche auf dem Schulhof aus. Ihre Augen sahen nur ein Ziel: Stefan. Nun drehte er den Kopf und blickte in ihre Richtung.

„Hallo, Stefan!“

„Hallo.“ Seine Augenbrauen hoben sich erstaunt, aber er lachte freundlich. Eine Haarsträhne fiel ihm in die Stirn. Er schob sie mit einer Handbewegung zurück und wandte sich dann ganz Mary-Lou zu.

„Kann ich dich einen Moment sprechen?“ Mary-Lous Blick wanderte zu seinen Freunden. „Ungestört?“

„Sicher.“ Er gab seinen Kumpels ein kurzes Zeichen und trat dann mit Mary-Lou zur Seite. „Was gibt’s denn?“

„Ich würde dich gern mal treffen. Privat. Eigentlich schon lange, aber ich habe mich einfach nicht getraut, dich anzusprechen. Hättest du Lust auf Kino heute Abend? Ich lade dich ein.“

Er grinste sie an und ließ sich mit der Antwort Zeit. Mary-Lou litt innerlich Höllenqualen. Sie hätte Stellas Angebot doch nicht so leichtfertig ausschlagen sollen.

„Oookay“, sagte Stefan dann gedehnt. „Diese Sci-Fi-

Komödie wollte ich mir ohnehin anschauen. Aber eines kommt nicht infrage …"

Mary-Lou blieb fast das Herz stehen. „Ja?"

„Dass du mich einlädst. Darin bin ich ziemlich altmodisch, sorry." Er grinste noch mehr, und sie sah, dass er sehr weiße gerade Zähne hatte. „Mann lädt Frau ein. Wenigstens hinterher zu einem Drink. Meinetwegen kannst du ja das Popcorn bezahlen, wenn es unbedingt sein muss."

„Ach Stefan." Sie lachte vor Erleichterung.

„Wie heißt du überhaupt?"

„Marie-Louise Brecht, aber alle nennen mich Mary-Lou."

„Hast du nicht letztes Jahr bei der Weihnachtsfeier auf der Bühne getanzt?"

„Genau. Daran erinnerst du dich?"

„Man behält dich irgendwie im Gedächtnis." Er musterte sie von oben bis unten. „Deine Haare waren schon mal länger."

Unwillkürlich fuhr sie mit der Hand durch das kurze Haar.

„Steht dir aber", fuhr Stefan fort. „Obwohl ich sonst eigentlich lange Haare bei Mädchen mag. Aber du bist insgesamt ungewöhnlich, also passt es."

Sie kicherte. „Du kennst mich doch kaum."

„Dann wird es höchste Zeit, dass ich das nachhole." Er lächelte sie unwiederstehlich an.

Ihr Bauch prickelte. Stefan flirtete mit ihr. Das war mehr, als sie erwartet hatte. Sie hätte laut singen können vor Freude.

„Wo treffen wir uns heute Abend?", fragte sie.

„Halb acht vor dem Kino? Ich lasse telefonisch Karten reservieren."
„Super."
„Na dann ... Ich freu mich." Er lächelte sie noch einmal an und ging zurück zu seinen Freunden.

Mary-Lou starrte ihm nach, dann gab sie sich einen Ruck, rannte quer über den Schulhof und machte dabei hohe Luftsprünge. Als sie Victoria und Stella sah, hielt sie den Daumen nach oben.

Stella überprüfte die Klettverschlüsse ihrer Sportschuhe, machte noch ein paar Dehnübungen und lief dann los. Hier im Park startete sie am liebsten, da war auch ihr Treffpunkt. Ihre Füße schienen kaum die Rasenfläche zu berühren. Leicht und geschmeidig überquerte sie das Areal und schwang sich über die anderthalb Meter hohe Granitplatte, die im letzten Herbst zum Gedenken an eine Persönlichkeit der Stadt aufgestellt worden war. Danach ließ sie sich im Gras abrollen, kam wieder auf die Füße und vollführte einen Salto. Sie hatte ihren Körper vollkommen unter Kontrolle und genoss es, seine Kraft zu spüren. Während die anderen Menschen auf den Wegen blieben, schien es für sie keine Grenzen zu geben. Mauern, Absperrungen, Wände waren keine Hindernisse, sondern Herausforderungen. In weniger als zwei Minuten war sie auf den Garagendächern angelangt, die eine lange Reihe bildeten. Eine Frau, die eben mit ihrem Auto wegfahren wollte, starrte sie an wie ein Weltwunder. Stella ließ sich dadurch nicht irritieren. Sie war es gewohnt, dass die Leute stehen blieben und gafften. Federnd erreichte sie das Ende der Dächer und sprang in die Tiefe, nutzte den Schwung des Sprungs für eine Hechtrolle und rannte weiter. An ihren Händen klebte Erde, das störte sie nicht. Ein Auto parkte direkt in ihrer Laufrichtung; mit einem Satz sprang sie über die Motorhaube und nahm aus den Augenwinkeln den entsetzten Blick des Fahrers wahr. Jetzt über die Straße und quer über den Kinderspielplatz. Ein Sprung über die Rutsche. Mit wenigen Griffen am Klettergerüst hoch und an der höchsten Stelle abspringen. Es war wie Fliegen. Sie landete weich im Sand, vollführte zwei Rollen. Das T-Shirt hatte jetzt Sandflecken, sie spürte die kleinen Körnchen im Nacken und an den Armen. Weiter. Dort drüben bei den Bäumen stand Guy, warum machte er eine Pause? Wartete er auf sie? Als sie näher kam, sah sie sein schmerzverzerrtes Gesicht. Sie bremste ihren Lauf.

„Was ist los, Guy?"

„Shit, ich hab mir den Knöchel gezerrt." Er winkelte das rechte Bein an.

„Kannst du auftreten?"

„Kaum. Vielleicht ist er auch gebrochen. Ich bin falsch aufgekommen." Er betastete mit schmerzverzerrtem Gesicht seinen Knöchel.

Er stützte sich schwer auf Stella, und gemeinsam schafften sie es bis zu einer Bank. Dort zog Guy sein Handy aus der Tasche und rief seine Mutter an, damit sie kommen und ihn zum Arzt fahren sollte.

„Okay", sagte er dann und steckte das Handy wieder ein.

„Du brauchst meinetwegen nicht hierzubleiben. Meine Mutter ist sicher in ein paar Minuten da."

„Schaffst du es wirklich allein?", fragte Stella. „Nicht, dass dir schlecht wird oder so."

Man konnte schon sehen, wie der Knöchel anschwoll.

„Klar."

In diesem Augenblick spürte Stella, wie ihr Handy in der Hosentasche vibrierte. Sie holte es heraus. Eine SMS war angekommen.

Die Nachricht stammte von Mary-Lou: *In einer halben Stunde treffe ich Stefan. Wünsch mir Glück! LG, Mary.*

Stella simste zurück: *Keine Sorge, alles wird gut. ;-) Hauptsache, du hältst S. davon ab, um 21 Uhr auf seine Maschine zu steigen. Stella*

Mary-Lous Antwort war nach wenigen Sekunden da: *Kein Problem, da sind wir ja im Kino. Hdl. Mary*

Stella lächelte.

Mary-Lou hatte leichtes Magenzwicken, weil sie so viel Popcorn in sich hineingestopft hatte. Reine Übersprunghandlung, wie es in der Psychologie hieß. Ab und zu hatten sich ihre Hände berührt, wenn Stefan und sie gleichzeitig in die Tüte gegriffen hatten. Der Film selbst war nur mäßig gut gewesen und hatte nicht das gehalten, was die Ankündigung versprochen hatte. Ein paar witzige Szenen, viele tolle Trickaufnahmen, aber inhaltlich ein ziemliches Chaos.

Mary-Lou war deswegen froh, als der Abspann lief und sie aufstehen konnten. Als sie zum Ausgang ging, war Stefan dicht hinter ihr. Sie spürte seine Nähe. Am liebsten hätte sie sich an ihn gelehnt, aber das traute sie sich doch nicht. Das helle Licht im Foyer blendete sie im ersten Augenblick, sie musste die Augen zukneifen.

„Und was machen wir jetzt?", fragte Stefan.

Sie drehte sich zu ihm, froh, dass er sich nicht einfach von ihr verabschieden wollte. „Was schlägst du vor?"

„Ich kenne eine kleine Gartenkneipe, ganz gemütlich. Man kann im Freien sitzen. Und eine Kleinigkeit essen kann man da auch, ein belegtes Brötchen oder eine Bratwurst. Darauf hätte ich jetzt Lust."

Sie nickte. „Okay."

„Dann lass uns hinfahren." Er nahm wie selbstverständlich ihre Hand, als sie das Foyer verließen und auf die Straße traten. Ihr Herz machte einen freudigen Hüpfer. Nach dem eher enttäuschenden Kinobesuch stiegen ihre Erwartungen wieder. Vielleicht würden sie sich heute doch noch etwas näherkommen …

Als Mary-Lou seine Maschine sah, die er vor dem Kino geparkt hatte, wurde ihr mulmig. Sie musste daran denken, was Victoria über den Unfall gesagt hatte. Sie warf einen Blick auf ihre Armbanduhr. Kurz nach 22 Uhr. In Victorias Traum oder was es auch immer gewesen war, hatte sich der Unfall gegen 21 Uhr ereignet.

„Ich habe einen zweiten Helm für dich." Stefan reichte ihr einen schwarzen Motorradhelm. Er war schwerer, als sie gedacht hatte. „Traust du dich, mit mir zu fahren?"

„Klar.“ Ihre Antwort kam etwas zu hastig. Nein, sie hatte keine Angst. „Ich will auch den Motorradführerschein machen, sobald es geht.“

„Die richtig interessanten Maschinen darf man erst mit fünfundzwanzig fahren“, sagte Stefan. „Blöde Vorschriften. In anderen Ländern geht es schließlich auch. Na ja, was soll's. Ich kann's nicht ändern. Steig auf, meine Maschine ist auch ganz schön flott.“

Sie nahm hinter Stefan Platz. Er zeigte ihr, wie sie sich an ihm festhalten musste, dann startete er den Motor. Ein Vibrieren ging durch Mary-Lous Körper. Einen Moment hatte sie das Gefühl, das Popcorn würde wieder hochkommen, doch dann gelang es ihr, sich zu entspannen. Als sie merkte, wie sicher Stefan fuhr, begann sie, die Fahrt zu genießen.

Die Gartenkneipe lag etwas außerhalb der Stadt, auf halber Höhe des Galgenbergs. Sie bogen von der Landstraße ab und in einen geschotterten Waldweg ein, der unbeleuchtet war. Links und rechts ragten die schwarzen Tannen empor. Es roch nach frisch geschlagenem Holz und feuchter Erde. Die Maschine holperte eine Steigung empor. Nach dem Waldstück kam ein Kahlschlag. Ein Stück war eingezäunt und wurde neu aufgeforstet. Der Weg wurde immer feuchter und einmal rutschten die Räder weg. Stefan brachte die Maschine jedoch sofort wieder unter Kontrolle.

„Ist das der richtige Weg?“, rief ihm Mary-Lou zu. Ihr war der Schreck in die Glieder gefahren.

„Es ist eine Abkürzung, aber wir sind gleich da“, antwortete Stefan.

Mary-Lou umklammerte seinen Rücken. Ein Stück ging es geradeaus, dann kam eine scharfe Kurve, die Stefan zu schnell nahm. Mary-Lou wurde vom Sitz geschleudert und wunderte sich, dass sie plötzlich fliegen konnte.

Dann wurde alles schwarz.

Schicksal

Victoria kam fröhlich die Treppe herunter. Es war Freitagmorgen, alles normal, kein Anzeichen von einem Zeitsprung. Ihr Arm schmerzte kaum noch und die Rötung war zurückgegangen. Sie gähnte herzhaft, als sie die Küche betrat, und fing an, Kaffee zu machen.

Als sie die Zeitung aus der Rolle holen wollte, sah sie, wie ihre Mutter den Gartenweg entlangkam. Schon an der Art, wie sie sich bewegte, erkannte Victoria, dass etwas passiert sein musste.

„Mum!"

„Ach Vic!" Eine heftige Umarmung, ein unterdrücktes Schluchzen.

Victoria machte sich los, zutiefst beunruhigt. „Was ist geschehen, Mum?"

„Lass uns erst reingehen, ja?"

Im Flur legte Frau Bruckner fahrig ihre Autoschlüssel ab und zog wie in Trance ihre Jacke aus. Es gelang ihr nicht, sie aufzuhängen; sie rutschte vom Bügel. Nach dem zweiten Versuch ließ Frau Bruckner die Jacke einfach am Boden liegen. Sie kickte ihre Schuhe von den Füßen und lief barfuß in die Küche. Dort ließ sie sich auf einen Stuhl sinken.

Victoria folgte ihr. Ihr war innerlich eiskalt geworden. Sie setzte sich ihrer Mutter gegenüber und starrte sie an.

Frau Bruckner räusperte sich, bevor sie zu sprechen begann. Ihre Stimme drohte zu versagen.

„Deine Freundin, diese Mary-Lou …"

„Was ist mir ihr?", fragte Vic, während ihr Herzschlag aussetzte. Am liebsten hätte sie sich die Ohren zugehalten, um nicht hören zu müssen, was jetzt kam.

„Sie hatte heute Nacht einen schrecklichen Unfall. Wir haben alles Menschenmögliche getan. Keiner weiß, ob sie durchkommen wird. Sie liegt im Koma." Jeder Satz war leiser geworden, der letzte nur noch ein Flüstern.

„Oh nein!" Victoria presste die Hand auf den Mund, um nicht laut aufzuschreien.

Das darf nicht wahr sein!

Die Tränen flossen ihr übers Gesicht. Sie krümmte sich am Tisch zusammen, als könnte sie sich damit vor der bitteren Wahrheit schützen.

„Es tut mir so leid, Vic!"

„Wie … wie ist es passiert?"

„Ein Motorradunfall. Sie saß hinter einem jungen Mann auf dem Soziussitz. Sie sind durch den Wald gefahren. Der Fahrer hat in einer Kurve die Kontrolle verloren. Ihm selbst ist wenig passiert, nur ein paar Schrammen. Wir haben ihn gleich wieder entlassen können. Aber das Mädchen …"

Victoria wurde von unkontrollierten Schluchzern geschüttelt. Was war, wenn Mary-Lou nie mehr aus dem Koma erwachte, wenn sie starb? Victoria machte sich selbst große Vorwürfe. Warum hatten sie sich in Mary-Lous Leben eingemischt und sie gedrängt, sich mit Stefan zu treffen? Ach, hätte sie doch bloß ihren Mund gehalten!

„Es tut mir so leid!“, wiederholte Frau Bruckner. Sie stand schniefend auf und fing dann an, hektisch in der Küche herumzuwerkeln, als könnte sie damit ihr Leben aufräumen. „Die Ärzte tun alles, was sie können. Immerhin hat sie schon die Nacht überstanden, trotzdem gibt es keine Garantie …“

„Kann ich zu ihr?“, presste Victoria unter Schluchzern hervor.

„Sie liegt auf der Intensivstation, und dort dürfen nur enge Verwandte die Patienten besuchen.“

„Ich weiß. Aber du bist doch Ärztin, Mum, und sicher kannst du erreichen, dass ich reindarf, oder? Bitte, ich muss sie sehen!“

„Ich verspreche nichts. Es kommt darauf an, wie sich ihr Zustand entwickelt. Vorhin, als ich wegging, waren ihre Eltern da. Sie waren ganz fertig.“

„Bitte“, flüsterte sie. „Ich muss sie besuchen. Wenn sie stirbt – das würde ich mir nie verzeihen.“

Frau Bruckner drehte sich zu Victoria um und legte ihr die Hand auf die Schulter. „Es ist furchtbar, ich weiß. Ich begreife nie, warum so etwas geschieht, obwohl ich es in der Klinik Tag für Tag erlebe.“

„Es ist nicht gerecht, Mum“, schluchzte Victoria. „Warum sie? Es hätte sie nicht treffen dürfen! Und ich bin daran schuld!“

„Kind“, Frau Bruckner beugte sich zu ihr herab und

zwang sie, ihr in die Augen zu sehen, „sag so was nicht. Du kannst nichts für den Unfall. Es ist einfach passiert!“

„Aber Stella und ich ... wir haben Mary-Lou angestachelt, sich mit Stefan zu treffen“, stammelte Victoria unter Tränen. „Sie hat ... schon so lange für ihn geschwärmt ... und sich nie getraut ... Und jetzt das!“ Sie presste ihren Kopf gegen die Bluse ihrer Mutter. Frau Bruckner strich ihr über den Kopf. Vic roch den vertrauten Duft und spürte die Wärme. Ein paar Sekunden lang war es wieder wie früher, als sie noch ein kleines Mädchen gewesen war und geglaubt hatte, dass Eltern alles richten konnten. Dass Mum und Dad das Unglück fernhielten. Dass sie geborgen war im Schoß der Familie und ihr nichts Schlimmes passieren konnte ...

„Alles wird gut, Vic!“, flüsterte ihre Mum auch jetzt, ihre Lippen nah an Victorias Ohr. „Sie wird es schaffen. Sie wird es überstehen. Mach dich nicht so fertig und hör auf, dir die Schuld zu geben. Niemand ist schuld.“

Doch!, lag es Victoria auf den Lippen. *Du hast ja keine Ahnung!*

Aber sie schwieg und genoss den Augenblick trügerischer Sicherheit. Als sie das Gefühl hatte, sich wieder einigermaßen im Griff zu haben, machte sie sich los.

„Danke, Mum.“

„Nicht dafür.“ Frau Bruckner stellte Tassen und Teller auf den Tisch – ein Versuch, zum normalen Alltag überzugehen.

„Ich bringe jetzt keinen Bissen runter, Mum.“

„Kann ich verstehen. Da habe ich wohl die Croissants

ganz umsonst mitgebracht." Sie sah sich um. „Die Tüte muss noch im Flur liegen ... oder im Auto."

„Ich kann heute nicht in die Schule gehen", erklärte Victoria und griff nach ihrem Handy, um Stella anzurufen. „Das stehe ich nicht durch."

Frau Bruckner nickte. „Ich schreibe dir eine Entschuldigung. Am besten legst du dich wieder ins Bett. Brauchst du etwas zur Beruhigung?"

Victoria schüttelte den Kopf. „Nein, ich glaube, es geht schon. Aber ich muss unbedingt mit Stella reden."

Als die Verbindung aufgebaut war, zog sich Victoria mit dem Handy ins Wohnzimmer zurück. Auf der Couch lag noch die Wolldecke, in die sich Mary-Lou neulich gekuschelt hatte. Ihr kamen sofort wieder die Tränen.

„Stella ... etwas Furchtbares ist passiert ..." Sie konnte kaum sprechen.

Stella war genauso schockiert wie sie und erklärte sich sofort bereit zu kommen. Jetzt in die Schule zu gehen, kam für sie ebenso wenig infrage wie für Victoria.

„Bis gleich!" Victoria war wie betäubt, als sie das Handy ausschaltete. Sie starrte auf den leeren Kamin, ohne wirklich etwas wahrzunehmen.

Irgendwann kam Frau Bruckner ins Wohnzimmer. „Ich habe dir einen Teller mit Croissants hingestellt, falls du doch noch Hunger bekommst."

„Danke, Mum."

„Ich lege mich jetzt hin. Wenn etwas ist, kannst du mich jederzeit wecken."

„Okay. Schlaf gut, Mum."

„Ich werde es versuchen.“ Leise zog sie die Tür zu.

Victoria blieb allein im Wohnzimmer zurück. Die Kaminuhr tickte leise, das Pendel bewegte sich mit hypnotischer Gleichmäßigkeit.

Victoria fixierte die Kaminuhr. In ihr war völlige Leere.

Du darfst nicht sterben, Mary. Das würde ich mir nie verzeihen, in meinem ganzen Leben nicht. Und wir haben doch noch so viel vor, du und ich und Stella. Wir brauchen dich!

Victoria zerknüllte ein weiteres Papiertaschentuch. Die Couch war übersät davon.

Es läutete. Vic sprang auf, um die Tür zu öffnen. Draußen stand jedoch nicht Stella, sondern ein junger Postbote.

„Ich habe hier eine Sendung für Victoria Bruckner“, sagte er und zog einen Luftpolsterumschlag aus der Tasche.

„Das bin ich“, sagte Vic.

„Leider ist die Sendung unterfrankiert und Sie müssen noch nachzahlen. Das macht dann sechs Euro.“ Er lächelte sie an. „Es steht kein Absender darauf und der Stempel ist auch verschmiert. Sieht so aus, als wäre der Umschlag lange unterwegs gewesen. Die Briefmarke ist bestimmt fünfzehn Jahre alt.“

Die Handschrift, mit der die Adresse geschrieben war, kam Victoria irgendwie bekannt vor. Sie zögerte, doch dann siegte die Neugier.

„Einen Moment, ich hole das Geld.“

Der Bote wartete. Sie kam zurück, drückte ihm die Münzen in die Hand und nahm den Umschlag in Empfang.

„Danke. Schönen Tag noch.“ Er drehte sich pfeifend um und ging zu seinem Fahrrad zurück, das am Gartentor stand. Victoria schloss die Haustür und befühlte den Umschlag. Er knisterte. Es befand sich etwas Viereckiges darin. Vielleicht ein Buch?

Wer hatte ihr diesen Umschlag geschickt? Und warum stand kein Absender darauf?

Mit klopfendem Herzen ging Vic in die Küche, holte eine Schere aus der Schublade und öffnete das kleine Päckchen. Der Gegenstand darin war noch einmal in braunes Packpapier gewickelt und mit Paketband zugeklebt. Keine Karte, kein Begleitschreiben. Victoria riss das Packpapier auf.

Ein Notizbuch kam zum Vorschein, eines von der Sorte, die sie so liebte. Ein anthrazitfarbener Umschlag aus einem leicht schimmernden Bezug, auf dem in pinker Schreibschrift *My Magic Diary* abgedruckt war. Ein schwarzes Gummiband hielt das Buch geschlossen.

Victoria schlug es auf. Die erste Seite war mit einigen Zeilen aus Edgar Allan Poes Gedicht „The Raven" bedruckt. Rechts unten befand sich die Zeichnung eines Raben.

Deep into that darkness peering,
long I stood there wondering, fearing,
doubting, dreaming dreams
no mortal ever dared to dream before.

Sie fing an zu blättern. Die ersten zwanzig Seiten waren beschrieben, und wieder kam ihr die Handschrift bekannt vor. Sie ähnelte ihrer eigenen. Die Einträge waren mit schwarzer und königsblauer Tinte vorgenommen und schienen zu unterschiedlichen Zeitpunkten gemacht worden zu sein. Einmal neigten sich die Buchstaben mehr nach rechts, ein anderes Mal ragten sie steil in die Höhe, so als könnte sich der Schreiber nicht für eine Schrift entscheiden. Genau wie sie selbst. Die Seiten waren unliniert und die Zeilen rutschten manchmal nach unten ab. Manche Texte wirkten so, als wären sie in aller Eile hingeschrieben worden. Es gab auch kleine Zeichnungen.

Ein Tagebuch? Oder hatte jemand darin seine Ideen festgehalten? Waren es literarische Schreibversuche? Victoria begann, mittendrin zu lesen.

Ich hoffe, dass ich noch bleiben kann und ich nicht plötzlich zurückmuss. Ich will herausfinden, was sie tun. A. hat mich gewarnt, vorsichtig zu sein. Ich werde nicht schlau aus ihm. Er hat mich zurückgewiesen, trotzdem bin ich ihm offensichtlich nicht egal.

Darunter befand sich eine gezeichnete Rose.

Victoria schlug eine andere Stelle auf.

S. S. sieht gut aus. Ganz bestimmt ein Womanizer, obwohl nichts in der Wohnung auf die Anwesenheit einer Frau hinweist. Sein Alter ist schwer zu schätzen.

Er kann Anfang dreißig oder Mitte vierzig sein. Auf alle Fälle bekleidet er eine wichtige Position. Er scheint auch jede Menge Knete zu haben, so wie seine Wohnung aussieht. Muss ich ihm dankbar sein, weil er mich hier wohnen lässt? Ich traue ihm nicht …

Es läutete wieder. Diesmal zuckte Victoria so zusammen, dass sie das Buch fallen ließ. Es knallte auf den Boden. Dabei schob sich ein Zettel heraus, der ihr vorher nicht aufgefallen war. Er hatte in der Papierlasche gesteckt, die hinten in das Buch eingearbeitet war. Victoria faltete ihn auseinander. Es war ein altes Fax, gedruckt auf Thermopapier. Die Schrift war zum großen Teil unleserlich geworden. Victoria konnte mit Mühe einen Briefkopf erkennen.

KLIN … EL … RADO

Spezi…linik für unerf…lten Kinderwu…h

Es läutete noch einmal. Victoria stürzte zur Tür.

Draußen stand Stella mit verweintem Gesicht. Die beiden Freundinnen fielen sich in die Arme.

„Wie konnte das nur passieren?“ Stella schluchzte. „Ist es schlimm? Wird sie es schaffen? Wie sind ihre Chancen?“

Victoria fasste ihre Freundin an der Hand und führte sie ins Haus. Mit leiser Stimme erzählte sie, was sie von ihrer Mutter wusste.

„Ich fühle mich so schlecht“, gestand sie. „Wenn wir Mary-Lou nicht dazu gebracht hätten, sich mit Stefan zu treffen, dann wäre sie jetzt noch gesund.“

„Aber sie hat doch gewusst, dass es gefährlich ist, aufs Motorrad zu steigen", widersprach Stella. „Hast du ein Glas Wasser für mich?"

„In der Küche", sagte Victoria.

Stella folgte ihr. Während Victoria den Kühlschrank öffnete und eine Mineralwasserflasche herausnahm, entdeckte Stella das Tagebuch, das auf dem Tisch lag. Victoria folgte Stellas Blick.

„Ist vorhin mit der Post gekommen. Ich habe keine Ahnung, wer es mir geschickt hat."

Stella nahm das Buch in die Hand. „Aber das ist doch deine Schrift", stellte sie fest.

„Ja, sie sieht meiner Handschrift wirklich täuschend ähnlich, aber ich habe das bestimmt nicht geschrieben. Außerdem ist ein altes Fax dabei, schau mal." Victoria zeigte Stella den Zettel.

„Das Fax ist älter als wir", sagte Stella. „Es wurde vor über sechzehn Jahren gesendet." Sie tippte auf eine Stelle ganz unten auf dem Blatt. „Das Datum ist gerade noch zu erkennen."

„Sehr rätselhaft", meinte Victoria. „Der Umschlag, in dem das Buch steckte, sieht auch nicht mehr taufrisch aus. Außerdem war eine alte Briefmarke darauf, ich musste Nachporto bezahlen."

„Man hört ja immer wieder, dass manche Sendungen jahrelang unterwegs sind. Kann es sein, dass der Brief vor sechzehn Jahren aufgegeben wurde?"

„Unsinn. Da war ich doch noch gar nicht auf der Welt." Victoria schüttelte heftig den Kopf. „Und dieses Haus gab's auch noch nicht. Wie kann der Absender da die Adresse wissen?"

„Stimmt." Stella krauste die Stirn. „Hm ..." Sie blätterte in dem Buch. „Aber ich könnte echt jeden Eid schwören, dass es deine Schrift ist. Und du zeichnest genauso. So einen Hund hast du neulich erst auf deinen Block gekritzelt." Sie hielt Victoria die aufgeschlagene Seite unter die Nase.

Vic zuckte zusammen. Ja, tatsächlich. Da hockte Knuffi, der langohrige Comichund, den sie mit ungefähr zwölf Jahren erfunden hatte und der hin und wieder die Seitenränder ihrer Hefteinträge zierte. Wie kam diese Zeichnung in das Buch?

„Da will mich jemand verarschen", murmelte sie, nahm Stella das Tagebuch aus der Hand und knallte es auf den Tisch. „Dafür habe ich heute nicht die Nerven!"

Stella nahm das Buch wieder an sich. „Du schreibst doch Tagebuch, oder?"

„Ja. Und es ist auch dieselbe Art von Notizbuch, die ich so mag." Victorias Nacken fing an zu kribbeln. „Das ist mir unheimlich ..."

In ihren Ohren schien plötzlich Watte zu stecken. Kleine schwarze Punkte begannen vor ihren Augen zu tanzen. Sie hörte ein Rauschen, das immer lauter wurde.

Ich darf jetzt nicht ohnmächtig werden, nein, nein, nein!

Sie zwang sich dazu, tief und gleichmäßig zu atmen. Das Rauschen wurde leiser, ihre Sicht klarer. Victoria nahm einen Schluck aus dem Wasserglas, das eigentlich für Stella bestimmt gewesen war. Danach fühlte sie sich etwas besser und ihre Panik verschwand.

Stella setzte sich und fing erneut an, im Tagebuch zu blättern.
„Hör mal, das hier klingt interessant." Sie las den Text laut vor.

„Ich habe mir seinen Laptop vorgenommen, ein Riesending und schwer. Das Passwort war easy. Eldorado. Wie fantasievoll! Auf seinem Computer ist Windows 95 installiert, ein Uralt-Programm. Sorry, momentan natürlich das Neueste vom Neuesten. Ich brauche eine Weile, um mich damit zurechtzufinden, und wünsche mir, ML. wäre hier, die würde damit bestimmt besser und schneller klarkommen. OMG, das Textprogramm ist noch älter, Word 5.0. Irgendwie gelingt es mir, die Liste seiner Dateien aufzurufen. Ich finde eine Notiz über Annika Lindholm. Bei ihr wurde eine beidseitige Sactosalpinx festgestellt. Ich habe keine Ahnung, was das bedeutet. Per Modem wähle ich mich ins Internet ein, was ewig dauert. Ich versuche, Google aufzurufen. Fehlanzeige. Diese Suchmaschine gibt es anscheinend noch nicht. Ich versuche es mit Yahoo. Das funktioniert, aber elend langsam, wegen der Werbung, die sich pixelnd aufbaut. Ich gebe das Wort Sactosalpinx ein und erfahre nach einer gefühlten Ewigkeit (Wikipedia gibt es auch noch nicht), dass es sich dabei um einen mit Flüssigkeit angefüllten Eileiter handelt, dessen Ende meistens auch verklebt ist. Aha. Deswegen kann Annika nicht auf natürliche Weise schwan-

ger werden, und man hat ihr IVF vorgeschlagen. Invitro-Fertilisation. Das muss ich nicht nachschlagen. S. ist also im Reagenzglas gezeugt worden, das ist ja unglaublich!"

Stella legte das Buch auf den Tisch zurück.

Einige Sekunden lang war es still.

„Annika Lindholm hieß meine Mutter. Meine leibliche – also die, die beim Autounfall gestorben ist." Stellas Stimme klang heiser. „Wie kommt ihr Name in dieses Buch? S. kann ja dann nur Stella heißen. Wenn das stimmt, dann bin ich ein Retortenbaby!"

Victoria ließ das eben Gehörte in sich nachwirken.

„ML", zitierte Stella: „Das heißt Mary-Lou. *Du* hast den Eintrag geschrieben, Vic. Vor mehr als sechzehn Jahren."

Es klang logisch und verrückt zugleich. Victoria unterdrückte einen Kommentar, zog das Buch zu sich heran und blätterte. Die Zeichnungen und die Art, sich auszudrücken – das alles sprach für Stellas Theorie.

„Offenbar bist du in der Zeit zurückgereist", redete Stella leise weiter. „Dort hast du dieses Tagebuch geschrieben und es irgendwie geschafft, an dich selbst zu schicken."

Victoria schüttelte den Kopf. „Aber warum kann ich mich daran nicht erinnern? Und selbst wenn du recht hast, wie soll das gehen? Wie kann ich ein Päckchen losschicken und es kommt erst sechzehn Jahre später an?"

„Vielleicht hast du es irgendwo deponiert – mit der Auflage, es erst im Mai dieses Jahres loszuschicken."

„Hm."

„Und dafür, dass du dich nicht daran erinnern kannst, gibt es zwei Erklärungsmöglichkeiten“, fuhr Stella fort. „Erstens: Dein Gedächtnis wurde bei dem Zeitsprung völlig gelöscht. Zweitens: Diese Zeitreise in die Vergangenheit wird dir erst noch passieren.“

Victorias Kopf schwirrte. „Das ist paradox. Wenn es noch gar nicht passiert ist, wie kann dann dieses Tagebuch hier ankommen?“

Stella schenkte sich jetzt selbst ein Glas Wasser ein. „Nein, darüber denken wir jetzt besser nicht nach. Wir nehmen einfach mal an, dass du dich in der Vergangenheit aufgehalten hast, um herauszufinden, was es mit unseren verrückten Erfahrungen auf sich hat. Und dann hast du deine Ergebnisse aufgeschrieben und einen Trick gefunden, das Tagebuch quasi in die Zukunft zu schicken.“

Victoria nickte. „Das klingt einigermaßen plausibel.“ Allmählich fand ihr Herzschlag zu einem vernünftigen Rhythmus zurück, obwohl ihr klar war, wie sehr sich die Dinge verändert hatten und dass ihr Leben nie mehr so sein würde wie zuvor. Wenn Stellas Vermutung stimmte, würde sie also auch in Zukunft Zeitsprünge erleben.

„Schade, dass das Fax kaum noch lesbar ist“, murmelte Stella. „Es steht sicher etwas Wichtiges darauf, sonst hättest du es nicht in dieses Notizbuch gesteckt. Hm, vielleicht lässt es sich einscannen und bearbeiten. Das wäre eine Arbeit für Mary-Lou.“

Victoria fühlte einen Stich in der Brust. „Wer weiß, ob sie je wieder am Computer arbeiten kann. Mum sagt, dass Mary-Lou trotz Helm schwere Kopfverletzungen hat. Sie hat ein *subdurales Hämatom*, sie mussten operieren. Ob etwas zurückbleibt, kann man jetzt noch nicht sagen."

„*Subdurales Hämatom*?"

„Eine gefährliche Hirnblutung, die ohne OP tödlich enden würde."

Stella schwieg betroffen. Sie knetete ihre Hände. Dann fragte sie: „Wann können wir sie besuchen?"

Victoria hob die Schultern. „Ich weiß es nicht. Ich habe Mum auch schon gefragt. Sie sagt, dass es auf ihren Zustand ankommt. Außerdem dürfen auf die Intensivstation normalerweise nur die Angehörigen. Aber meine Mum kann da sicher was machen ..."

„Lass uns in die Klinik fahren!", schlug Stella vor.

„Wie? Jetzt?"

„Ja, jetzt. Ich halte die Ungewissheit nicht aus. Ich muss mir selbst ein Bild machen."

„Die lassen uns bestimmt nicht zu ihr."

„Das lass nur meine Sorge sein."

Victoria sah Stella an. „Okay. Ich gehe nur rasch hoch und zieh mir was anderes an. Dauert höchstens fünf Minuten."

Stella sah auf die Uhr. „Wenn wir uns beeilen, kriegen wir noch den 14er-Bus, der hält direkt vor der Klinik."

„Ich bin schon weg."

Todesnähe

„Ich habe das Tagebuch eingepackt", sagte Stella, als sie im Bus saßen. Sie hatten ihn gerade noch erwischt, weil der Busfahrer sie gesehen und gewartet hatte. „Ich finde, du solltest es nicht einfach so rumliegen lassen. Deine Mutter könnte es finden und Fragen stellen."

Victoria seufzte. „Danke, du hast natürlich recht."

Stella kramte in ihrem Rucksack und holte das Tagebuch heraus. Dabei rutschte ein Taschenbuch mit grellbuntem Umschlag auf ihren Schoß. Victoria erhaschte einen Blick auf den Titel. *Schlachtfest der Mutanten.*

„Oh Mann, du liest noch immer solche Sachen? Ich dachte, die Phase ist längst vorbei!"

Stella ließ das Taschenbuch hastig verschwinden. „Es ist nicht so schlecht, wie es aussieht."

Victoria rümpfte trotzdem die Nase. „Schlachtfest! Das sagt doch alles! Das ist garantiert wieder einer deiner geliebten Splatterromane ... Wie kann man nur so etwas lesen, echt!"

„Jedem das Seine", konterte Stella. „Ich mache dir ja auch keine Vorhaltungen, wenn du nachts auf Friedhöfe gehst."

„Trotzdem. Solche Bücher ... die sind doch unter deinem Niveau, Stella."

„Du hörst dich schon an wie meine Mutter."
„Ich begreif's einfach nicht."
„Musst du auch nicht. Es macht mir Spaß, und damit Schluss, okay?"

Victoria antwortete nicht, sondern sah zum Fenster hinaus. Sie waren jetzt schon bei der großen Kreuzung. Gleich würde es die Anhöhe hinaufgehen, auf der sich die Klinik befand. Der Himmel strahlte in einem leuchtenden Blau, und das Wiesengrün war so intensiv, als hätte jemand die Farben nachkoloriert. Ein herrlicher Frühlingstag – und Mary-Lou lag im Krankenhaus und rang mit dem Tod. Victorias Magen krampfte sich zusammen. Sie merkte, dass ihr schon wieder die Tränen kommen wollten, und griff nach dem Tagebuch, um sich abzulenken.

„Hör mal, was hier steht, Stella." Sie las vor:

„Ich habe zufällig eine Datei geöffnet, die S.S. nur mit WM bezeichnet hat. Der Text ist sehr kurz, aber er erscheint mir wichtig, deswegen schreibe ich ihn hier Wort für Wort ab: Wilde Magie entsteht durch magische Gene, eingepflanzt in menschliches Erbgut. Ohne Anleitung, ohne Ausbildung entwickeln sich neue, vielleicht noch nie da gewesene Kräfte. Wir benötigen dringend frische Impulse, um zu verhindern, dass unsere Entwicklung stagniert. Mutationen sind erwünscht, sie sind natürlicher Teil der Evolution. All diese Experimente sind streng geheim und die Dokumentationen darüber sind unter Verschluss zu halten."

„*Wilde Magie*?“ Stella zog die Augenbrauen hoch.
„So steht es hier. Ich kapier's auch nicht.“
„Und was sind magische Gene? Woher kommen sie? Was hat dieser Text zu bedeuten und warum bin ich gerade auf diese Information gestoßen?“ Victoria schwankte zwischen Faszination und Schrecken.
„Ich wette, dieser S. S. könnte uns mehr erzählen, aber leider hast du niemals seinen richtigen Namen ausgeschrieben.“
Victoria klappte das Buch zu und steckte es in ihre Handtasche. Ihre Gedanken wirbelten durcheinander. *Wilde Magie.* Das klang mächtig und gefährlich zugleich. Sie erinnerte sich an Filme, die sie gesehen hatte und in denen Menschen telekinetische Fähigkeiten besaßen, die sie nicht kontrollieren konnten. Da zerbarsten Glühbirnen, explodierten Autos, traten Flüsse über die Ufer, stürzten Häuser ein ...

Stella musste Victoria rütteln, so sehr war diese in Gedanken versunken.
„Aussteigen! Wir sind da!“ Sie nahm Vics Arm. „Komm! Alles wird gut, davon bin ich überzeugt.“
Victoria nickte stumm. Doch als sie die Klinik betraten, schrumpfte ihre Zuversicht. Der Geruch nach Desinfektionsmittel sorgte sofort für leichte Übelkeit. In der Halle versuchten sich die beiden Mädchen zu orientieren.
„Die Intensivstation ist in Gebäudeteil B, dritte Etage“, sagte Stella. „Wir müssen nach rechts.“ Sie zog Victoria mit.

Aus der Cafeteria kam der Duft nach Kaffee und Apfelkuchen. Victoria spürte, wie sich ihr Magen meldete. Sie erinnerte sich, dass sie nicht gefrühstückt hatte, trotzdem würde sie jetzt nichts herunterbringen, obwohl ihr beim Gedanken an Apfelkuchen das Wasser im Mund zusammenlief.

Als sie auf den Aufzug zugingen, kam ihnen ein Paar entgegen. Victoria erkannte die beiden erst, als sie vorbei waren.

„Das waren doch Mary-Lous Eltern!"

Die Mädchen drehten sich um und blickten ihnen nach. Der Mann ging mit schlurfenden Schritten, so als würde ihm jeder Schritt schwerfallen. Die Frau hatte den Arm um seine Hüften gelegt. Ob sie Halt suchte oder ihm Mut machen wollte, war nicht zu erkennen. Victoria überlegte kurz, ob sie ihnen nachlaufen und sie ansprechen sollte, doch erschien ihr das dann als keine besonders gute Idee.

„Wahrscheinlich waren sie die ganze Zeit bei Mary", vermutete Stella.

Victoria nickte. Eine schwere Last drückte auf ihr Herz, ihr Brustkorb fühlte sich eng an.

Mary-Lou darf nicht sterben! Sie muss wieder gesund werden!

Stella schien zu erraten, was Victoria gerade dachte. Sie drückte ihre Hand.

„Bald wissen wir mehr", sagte sie leise. „Und ich bin sicher, dass sie es schaffen wird. Sie ist doch unsere tapfere Mary."

Victoria holte tief Luft und nickte. Dann betraten sie den

Aufzug. Als sie in der dritten Etage ankamen, mussten sie sich erst orientieren.

„Nach links", sagte Stella.

Niemand begegnete ihnen auf dem Gang, der zur Intensivstation führte – gerade so, als würden die Besucher diesen Bereich der Klinik meiden. Die Mädchen gelangten an eine gläserne Tür. Sie war verschlossen. Stella drückte auf den Klingelknopf.

Es dauerte geraume Zeit, bis eine grauhaarige Krankenschwester die Tür öffnete.

„Ja, bitte?", fragte sie in strengem Tonfall und musterte die beiden Mädchen über die Brille hinweg. „Sie wünschen?"

Schwester Rabea las Victoria auf ihrem Ansteckschildchen und übersetzte den Namen sofort in *Schwester Rabiata*. Das war der inoffizielle Spitzname, den die Schwester hatte. Susanne Bruckner erzählte oft von ihr. Sie war der Zerberus der Station, die Lernschwestern zitterten vor ihr.

„Wir sind Freundinnen von Marie-Luise Brecht", sagte Victoria. „Sie hatte einen schweren Unfall ..."

„Besuche nur für Angehörige", sagte Schwester Rabea und wollte ihnen die Tür vor der Nase zumachen. Geistesgegenwärtig schob Stella ihren Fuß dazwischen und erntete dafür einen giftigen Blick aus den eisblauen Augen.

„Ich bin Victoria Bruckner, die Tochter von Dr. Susanne Bruckner", sagte Victoria freundlich. „Meine Mutter meinte, wir könnten vielleicht trotzdem zu Mary-Lou. Bitte! Nur kurz!" Sie machte ein bittendes Gesicht.

„Ausgeschlossen!", erwiderte die Krankenschwester. „Es

gibt grundsätzlich keine Ausnahmen!“ Wieder wollte sie die Tür schließen.

Jetzt trat Stella erneut in Aktion. Eine steile Falte erschien zwischen ihren Augenbrauen. Sie sagte kein Wort. Victoria sah, wie sie die Lippen zusammenpresste.

Der Gesichtsausdruck von Schwester Rabea veränderte sich. Ihre Züge wurden mit einem Mal weicher, der Blick wirkte weniger stechend. Schweigend trat sie zur Seite und ließ die Mädchen auf die Station.

Victoria war beeindruckt, wie gut Stellas Trick funktionierte. Sie hatte nicht gedacht, dass Schwester Rabea sich so schnell geschlagen geben würde. Unheimlich war es schon ... aber jetzt hatte sie keine Zeit, darüber nachzugrübeln. Sie mussten zu ihrer Freundin, bevor es sich Schwester Rabea vielleicht doch noch anders überlegte.

Aber Stella war gründlich gewesen, ihr Einfluss schien zu wirken. Die Krankenschwester behandelte die beiden Mädchen nun wie normale Besucher und führte sie in einen Vorraum, wo sie sich die Hände desinfizieren und grüne Kittel anziehen mussten. Danach brachte Schwester Rabea sie in ein Einzelzimmer, in dem Mary-Lou lag, überprüfte kurz die Geräte und ließ die Besucherinnen mit „Aber bitte nur eine Viertelstunde!“ allein.

Victoria kamen sofort die Tränen, als sie Mary-Lou so daliegen sah, und Stella war ebenfalls kurz davor zu weinen.

Mary-Lou trug einen Kopfverband aus Mullbinden, die ihre kurzen roten Haare komplett verdeckten. In ihrem Mund steckte ein fingerdicker durchsichtiger Schlauch, sie wurde künstlich beatmet. An ihrem Körper waren verschiedene Elektroden befestigt, die mit den Geräten verbunden waren. An ihrem Zeigefinger klemmte eine Art Wäscheklammer aus Plastik, von der ebenfalls ein Kabel wegführte. An der Seite des Bettes hing ein Urinbeutel, der sich langsam füllte. Auf der anderen Seite befand sich ein Ständer mit einer Infusionsflasche. Die Flüssigkeit wurde langsam in Mary-Lous Armvene geleitet. Victoria starrte auf die Monitore, auf denen Herzschlag und Blutdruck aufgezeichnet wurden. Die Geräte gaben ein regelmäßiges Piepsen von sich. Medizinisch schien Mary-Lou bestens versorgt zu sein ...

Doch sie war erschreckend bleich. Die Augen waren geschlossen, kein Lid zuckte, nicht die geringste Bewegung war festzustellen. Das tiefe Ein- und Ausatmen mittels des Beatmungsgeräts war das lauteste Geräusch im Raum.

Victoria und Stella wechselten einen stummen Blick. In Stellas Augen standen Verzweiflung und Hilflosigkeit. Sie griff zaghaft nach Mary-Lous Hand und streichelte ihre Finger. Zugleich fragte sie leise:

„Mary, kannst du uns hören? Wir sind's, Vic und Stella. Alles wird gut, Mary. Du wirst wieder ganz gesund werden. Ich weiß es."

Mary-Lou zeigte keine Reaktion. Nichts wies darauf hin, dass sie Stellas Worte gehört hatte. Victoria versuchte sich ins Gedächtnis zurückzurufen, was sie über Komapatienten wusste. Manche bekamen alles mit, ohne sich jedoch verständlich machen zu können ...

Spürte Mary-Lou ihre Anwesenheit? Aber warum kam

dann von ihr nicht das geringste Zeichen? Eine kleine Bewegung des Fingers oder ein Stirnrunzeln hätte genügt. Aber so ... Mary-Lou lag da wie tot, und nur die Maschinen schienen ihren Körper am Leben zu erhalten.

Victorias Lippen zitterten. „Mary-Lou", sagte sie, „das habe ich nicht gewollt. Ich war überzeugt, dass es dir gelingt, den Unfall zu verhindern." Sie konnte kaum weitersprechen. „Bitte ... bitte verzeih mir, Mary-Lou! Du musst wieder gesund werden, bitte!"

Stella sah Victoria an und schüttelte den Kopf. Du bist nicht schuld, sollte das heißen.

Vic wich ihrem Blick aus. Und da sah sie ihn.

Er stand am Kopfende des Bettes. Eigentlich war dort überhaupt kein Platz zwischen Bett und Wand. Seine Umrisse hoben sich kaum von der weißen Wand ab, es war nur ein leichter Schatten, wie von einem weichen Bleistift gezeichnet.

Dorian.

Victoria wusste instinktiv, dass es dieselbe Gestalt war, deren Gesicht sie im Wasser des Pools gesehen hatte. Sie spürte, dass er sie ansah, obwohl sein Kopf nur ein verschwommener Fleck war. Sie konnte keinerlei Gesichtszüge erkennen. Trotzdem fühlte sie deutlich seine Gegenwart.

Marys Bruder. Er bewachte das Krankenbett, ihren Schlaf. Er war gekommen, um sie zu beschützen.

Eine plötzliche Wärme durchflutete Vics Bauch. Sie fürchtete sich nicht vor dem Geist, im Gegenteil. Für den Bruchteil einer Sekunde hatte sie das Gefühl zu begreifen, dass alles eine Einheit war – Leben und Tod, der Mensch und das Universum. Nichts ging verloren und das verbindende Element war Liebe ... In diesem kurzen Moment spürte sie Glück und die Gewissheit, dass Mary-Lou geheilt werden würde.

Dann war der Augenblick vorbei und Victoria starrte auf die leere weiße Wand. Hatte sie sich den Schatten nur eingebildet?

„Stella", flüsterte sie. „Hast du ihn auch gesehen?"

„Wen?"

Victoria schwieg. Es war klar, dass Stella nichts wahrgenommen hatte – und sie wollte nicht als Spinnerin vor ihr dastehen. Außerdem war es schwierig zu beschreiben, was sie gerade empfunden hatte. Das ließ sich nur schwer in Worte fassen.

Die Tür wurde geöffnet und eine junge Krankenschwester kam herein.

„Ich muss euch bitten, jetzt zu gehen", sagte sie zu Stella und Victoria.

„Wie stehen Mary-Lous Chancen?", fragte Stella. „Wird sie durchkommen?"

„Ich darf nichts sagen", erwiderte die Krankenschwester, während sie die Infusionsflasche überprüfte. „Aber ihr könnt mit einem Arzt sprechen, Doktor Urban. Ich glaube, er ist gerade im Arztzimmer." Sie lächelte.

Victoria streichelte sanft über Mary-Lous Arm. „Wir kommen bald wieder, Mary. Versprochen. Mach's gut und werde schnell gesund, ja?"

Wieder keine Reaktion.

Dorian ist bei dir und passt auf dich auf, fügte Victoria in Gedanken hinzu.

Diesmal erfolgte ein winziges Zucken der Lider. Victoria seufzte vor Erleichterung und folgte Stella, die schon bei der Tür war. Die junge Krankenschwester geleitete sie hinaus und zeigte ihnen das Arztzimmer. Dort unterhielt sich ein älterer Arzt mit einer jüngeren Frau im weißen Kittel. Vic klopfte an die Tür, um auf sich aufmerksam zu machen. Die Blicke der beiden wanderten zu den Mädchen.

„Ja?", fragte der Arzt etwas ungehalten.

„Entschuldigung, aber wir sind Freundinnen von Mary-Lou Brecht", begann Victoria.

Doktor Urban runzelte die Stirn. „Freundinnen? Wer hat euch hereingelassen?"

„Das war Schwester Rabea", erklärte Stella mit einem zuckersüßen Lächeln. „Ich bin Stella Solling, und das ist Victoria Bruckner, die Tochter von Dr. Susanne Bruckner. Wir gehen mit Mary-Lou in eine Klasse."

Victoria fragte sich, ob Stella gerade wieder ihre besondere Fähigkeit einsetzte, denn das Gesicht des Arztes entspannte sich etwas.

„Eigentlich darf ich euch keine Auskunft geben, weil ihr nicht mit der Patientin verwandt seid", sagte er. „Aber ich kann verstehen, dass ihr euch Sorgen um sie macht." Er schob seine Brille zurecht, die ihm auf die Nasenspitze gerutscht war. „Wir mussten Marie-Luise operieren, weil sie eine gefährliche Blutung im Gehirn hatte und der Druck sonst zu groß geworden wäre. Die Operation ist gut verlaufen, aber ob und welche Schäden zurückbleiben, das können wir im Moment noch nicht sagen. Wir wissen auch nicht, wann sie aufwacht. Das kann heute sein, in vierzehn Tagen oder ... oder vielleicht erst in vier Jahren." Er sah die Mädchen ernst an. „Ärztliche Kunst hat manchmal ihre Grenzen, wie in diesem Fall. Es tut mir sehr leid, dass ich euch keine bessere Nachricht geben kann."

„Danke", sagte Stella. Ihre Stimme klang niedergeschlagen.

Dorian ist bei ihr! Victoria klammerte sich an diesen Gedanken und versuchte, den Trost daraus zu ziehen, den sie zuvor gespürt hatte. Sie verdrängte die Vorstellung, dass Mary-Lou jahrelang im Koma liegen könnte.

„Können wir ... können wir etwas für sie tun?", fragte sie.

„Ihr könnt in die Klinik-Kapelle gehen und für sie eine Kerze anzünden", antwortete Dr. Urban. „Manchmal hilft so etwas tatsächlich." Er nickte ihnen freundlich zu. Damit waren sie entlassen.

Schweigend zogen Stella und Victoria im Vorraum ihre Kittel aus und stopften sie in den Korb, der für die gebrauchte Wäsche bereitstand. Dann desinfizierten sie sich noch einmal gründlich die Hände. Erst als sie die Intensivstation verlassen hatten und den leeren Gang entlanggingen, sprachen sie wieder miteinander.

„Sollen wir wirklich in die Kapelle gehen?" Stella sah Victoria an. „Meinst du, das bringt etwas?"

„Warum nicht? Was haben wir zu verlieren?" Vic musste daran denken, wie oft sie mit ihren Gothic-Freunden auf dem Friedhof Kerzen angezündet hatte. Zuletzt sogar schwarze. Es hatte sie dabei gegruselt, aber passiert war nichts, obwohl Ruben behauptet hatte, der Grabstein stünde eindeutig schiefer als vorher. Aber es hatten sich keine Geister gezeigt, und auch der Herr des Bösen hatte in dieser Nacht anscheinend andere Termine gehabt.

„Glaubst du an Gott?", wollte Stella wissen. „Oder an Engel?"

Victoria zuckte die Achseln. „Dorian war vorhin bei Mary-Lou", sagte sie, ohne weiter auf Stellas Frage einzugehen. „Er stand an ihrem Kopfende."

„Jetzt machst du Witze."

„Ich habe seine Anwesenheit gespürt. Und einen Moment lang konnte ich ihn auch sehen, aber nur ganz schwach."

Stella zog die Augenbrauen hoch und blies die Wangen auf, verkniff sich aber den Kommentar, den sie zweifellos schon auf der Zunge hatte. Stattdessen sagte sie: „Na gut, gehen wir in die Kapelle."

Die Klinik-Kapelle befand sich im Erdgeschoss und lag ein wenig versteckt. Victoria und Stella brauchten eine Weile, bis sie sie fanden. Es war ein kleiner Raum mit samtbezogenen Bänken. An der Wand hing ein großes Mosaik, das den gekreuzigten Jesus zeigte, davor stand ein Tisch mit einer Altardecke und einem schlichten Holzkreuz. Der Raum duftete nach Wachs und Weihrauch. An einer Seite der Kapelle stand ein geschmiedeter Kerzenständer, auf dem zahlreiche Teelichter flackerten.

„Dort drüben", sagte Victoria. Unwillkürlich dämpfte sie ihre Stimme, obwohl niemand im Raum war, den sie beim Gebet störten. Stella folgte ihr. Vic nahm ein Teelicht aus der Pappschachtel, die auf einem Tischchen stand, und ließ eine Münze in einen Metallkasten fallen. Sie entzündete den Docht an einem brennenden Licht und steckte ihr eigenes Teelicht auf eine freie Schale des Kerzenständers.

Mary-Lou, bitte werde wieder gesund!

Zu Vics Verwunderung zündete Stella ebenfalls ein Licht an. Dann siegte ihr Ordnungssinn, sie entfernte die ausgebrannten Teelichter und warf sie in den Abfalleimer unter dem Tischchen. Victoria wartete, bis sie damit fertig war. Stella zuckte nur die Achseln.

„Vielleicht hilft es ja. Komm, lass uns gehen."

Sie verließen die Klinik durch die Eingangshalle. Sonnenschein empfing sie, als sie ins Freie traten, und Victoria nahm den Frühling mit allen Sinnen wahr. Im Park vor der Klinik blühten die Rosen, ihr Duft verhieß Leben und Zukunft. Eine Schar Spatzen balgte sich auf dem Pflaster um ein weggeworfenes Stück Brezel.

„Also, was war jetzt mit dem Geist?", fragte Stella, als sie zur Bushaltestelle gingen.

„Ich habe einen Schatten am Kopfende von Mary-Lous Bett gesehen", antwortete Victoria vorsichtig. „Nur ganz undeutlich, aber die Umrisse waren menschlich. Und gleichzeitig spürte ich so eine seltsame Wärme in mir. Fast so etwas wie Glück. Dieses Gefühl hat mich in dem Moment so sicher gemacht, dass alles gut gehen wird. Weil Dorian auf Mary-Lou aufpasst." Sie warf Stella einen Seitenblick zu.

Stella lachte nicht, sie blieb ernst und schaute ihre Freundin fragend an. „Können Geister so was? Ich meine, Menschen gesund machen?"

„Ich habe keine Ahnung.“, entgegnete Vic.
„Ich dachte, du und deine Freunde, ihr kennt euch aus. Ihr beschäftigt euch doch dauernd damit.“
„Ja, aber wir haben leider noch nie einen Geist getroffen, der uns Auskunft gibt.“ Victoria grinste Stella an. Im Nachhinein kamen ihr die Versuche, auf dem Nordfriedhof Tote zu beschwören, naiv und albern vor – obwohl es sie damals ganz schön gegruselt hatte. Es war ein Spiel gewesen, es hatte ihnen einen Kick versetzt. Was hätten sie wohl getan, wenn sich wirklich ein Geist gezeigt hätte?
Sie waren an der Bushaltestelle angelangt. Stella studierte den Fahrplan.
„Wir haben Glück, der nächste 42er kommt in zehn Minuten.“ Sie setzte sich auf die Wartebank. Victoria rutschte an ihre Seite.
„Ich glaube nicht, dass sie es können“, sagte Stella unvermittelt.
„Was?“
„Dass Geister Menschen heilen können. Warum auch? Was geht sie die Welt der Lebenden an? Das haben sie doch hinter sich. Warum sollten sie sich ständig einmischen? Das würde ja bedeuten, dass man sich im Jenseits zum Sklaven der Lebenden macht. Irgendwie liegt darin kein besonders großer Sinn, finde ich.“
„Du bist ja richtig philosophisch, Stella.“
„Nein, ich versuche nur, logisch zu denken.“ Stella schob die Lippen vor. „Es ist bestimmt nicht der Normalfall, wenn Geister Menschen erscheinen. Da muss schon ein wichtiger Anlass vorliegen.“

„Mary-Lou hatte ja eine sehr enge Beziehung zu ihrem großen Bruder“, meinte Victoria. „Und da ist es nachvollziehbar, dass er sich Sorgen macht, wenn sie in Gefahr ist. Wenn ich nur den Hauch einer Ahnung hätte, was mit den sogenannten *Watchers* gemeint ist und warum er sie vor ihnen gewarnt hat! Warum wird Mary-Lou beobachtet? Sie ist doch ein ganz normales Mädchen.“

„Außer, dass sie Geister sehen kann und sich besser mit Computern auskennt als wir.“

„Hm ... ob es das ist?“, überlegte Victoria laut. „Ob die *Watchers* herausgefunden haben, dass sich Mary-Lou manchmal in fremde Computer einhackt und dort ein wenig herumschnüffelt? Will man sie vielleicht für den Geheimdienst anheuern?“

„Vic, wir sind nicht beim Film!“

„Ich denke ja nur nach ...“ Victoria seufzte. Dann erinnerte sie sich an das rätselhafte Tagebuch und zog es aus ihrer Tasche. Sie fing wieder an zu blättern.

„Ich muss mich erst an die Vorstellung gewöhnen, dass ich ein Retortenbaby bin“, sagte Stella, die ihr dabei über die Schulter schaute. „Gut, das ist im Prinzip nichts Ungewöhnliches mehr, sondern eine Lösung für Mütter, die auf normalem Weg nicht schwanger werden können. Eigentlich eine gute Sache, die die Medizin ermöglicht. Trotzdem, ich komme mir vor wie ein Kunstprodukt.“ Sie verdrehte die Augen. „Blöd, nicht wahr? Was ist denn schon dabei, wenn sich Sperma und Eizelle im Gläschen und nicht im Körper treffen? Sie verschmelzen miteinander, die Zellteilung geht los – und dann wird das Klümpchen in die Gebärmutter eingepflanzt und wächst und wächst. Von da an ist alles ganz normal ... *just as usual* ...“ Stella atmete tief ein. „Ich mache meinen Eltern ja auch gar keinen Vorwurf, dass sie die Dienste dieser Klinik in Anspruch genommen haben. Und vielleicht hätten sie es mir auch irgendwann gesagt – wenn sie nicht bei diesem beschissenen Unfall umgekommen wären.“ Ihre Stimme klang auf einmal zornig.

Als Victoria Stella anblickte, sah sie, dass ihre Freundin Tränen in den Augen hatte.

„Ach Stella ...“

Stella wischte sich mit einer ärgerlichen Geste über die Augen, ohne darauf zu achten, dass ihre Mascara verschmierte. „Ich komme mir so ... so betrogen vor, Vic. Ich weiß nicht, ob du das nachvollziehen kannst. Erst finde ich heraus, dass ich adoptiert wurde, und jetzt, wo ich mich einigermaßen daran gewöhnt habe, kommt der nächste Hammer – ein Retortenbaby!“ Ihre Schultern zuckten. „Verdammt, warum kann ich nicht einfach *normal* sein? Darauf wusste Victoria auch keine Antwort. Sie reichte Stella ein Papiertaschentuch und sah hilflos zu, wie sie hineinschnäuzte.

„Sorry, Vic, es macht mich nur so unglaublich wütend ...“

„Es ist im Moment eben alles ein bisschen viel.“ Victoria stand auf, weil sie sah, dass der Bus kam. „Mir geht es ähnlich. Erst diese fehlenden zwei Tage, die ich mir nicht erklären kann, und jetzt der Unfall von Mary-Lou.“

„Nicht zu vergessen dieses rätselhafte Tagebuch.“

„Stimmt. Das auch noch.“ Vic steckte es in die Tasche zurück.

Der Bus hielt vor ihnen mit quietschenden Bremsen und stieß eine Abgaswolke aus. Die beiden Mädchen stiegen ein. Die Fahrt verlief schweigend, jede hing ihren eigenen Gedanken nach.

„Kommst du noch mit rein?“, fragte Victoria, als sie ausstiegen. „Ich könnte eine Pizza für uns in den Ofen schieben.“

Stella schüttelte den Kopf. „Ich schnappe mir mein Fahrrad und fahre nach Hause. Muss das Ganze erst mal verdauen. Vielleicht gehe ich nachher laufen, um meinen Kopf frei zu bekommen. Sei nicht böse, es hat nichts mit dir zu tun, ich will einfach allein sein.“

Victoria nickte. „Ist klar.“ Sie umarmten sich, dann schloss Vic die Haustür auf, während Stella sich auf ihr Fahrrad schwang, das sie im Garten abgestellt hatte. Victoria hörte noch, wie das Gartentor leise quietschte, dann fiel die Haustür zu und die Kühle des Flurs empfing sie.

Eldorado

Als Victoria die Küche betrat, fand sie zu ihrer Überraschung ihre Mutter vor. Susanne Bruckner war dabei, Gemüse zu schnippeln.

„Hallo, Mum." Vic begrüßte ihre Mutter mit einem Wangenkuss. „Warum schläfst du nicht?"

„Ich habe zwei Stunden geschlafen wie eine Tote, jetzt bin ich wach und habe gedacht, ich koche uns mal was Anständiges zum Mittagessen." Frau Bruckner strich sich eine Haarsträhne aus dem Gesicht. „Wo kommst du her?"

„Stella und ich haben in der Klinik Mary-Lou besucht."

„Oh. Hat man euch denn eingelassen?"

Victoria nickte, ohne nähere Erklärungen abzugeben. Sie setzte sich an den Tisch, weil sie sich plötzlich sehr erschöpft fühlte, und stützte das Gesicht in die Hände. Ihre Mutter zog einen Stuhl heran und setzte sich ebenfalls.

„Schlimm?"

Victoria nickte wieder. Dann konnte sie ihre Tränen nicht mehr zurückhalten. Frau Bruckner legte einen Arm um ihre Schultern.

„Für Außenstehende sieht die Intensivstation sehr dramatisch aus, aber die Patienten werden dort bestmöglich versorgt."

„Ich weiß." Vic schluchzte auf. „Wir haben auch mit Dr. Urban gesprochen. Mum ..." Sie hob den Kopf. „... hat Mary-Lou eine Chance? Bitte sag es mir!"

„Liebes ... das weiß ich nicht. Wir sind Ärzte, keine Götter."

„Was glaubst du, Mum? Sag es mir ehrlich."

Frau Bruckner holte tief Luft. „Sie hat die Nacht überlebt, und wenn sie die nächsten vierzehn Tage übersteht, dann hat sie gute Aussichten, dass sie am Leben bleibt."

„Wacht sie dann auf?"

„Vielleicht ja, vielleicht nein. Du hast sicher auch schon von Patienten gehört, die jahrelang im Koma liegen."

„Wir haben eine Kerze für Mary-Lou angezündet."

Frau Bruckner strich Victoria übers Haar. „Das war eine gute Idee von euch."

„Dr. Urban meinte, das wäre das Einzige, was wir für sie tun könnten." Die Tränen strömten über Vics Gesicht. „Mum, wenn sie aufwacht ... ist sie dann ... so wie früher, oder ist sie ...?"

„Falls sie tatsächlich aufwacht, dann wird sich zeigen, ob etwas zurückgeblieben ist. Ihr Sprachzentrum könnte betroffen sein, dann fällt es ihr möglicherweise schwer, sich zu artikulieren. Vielleicht ist auch ihr Gedächtnis in Mitleidenschaft gezogen und sie kann sich an manches nicht mehr erinnern. Auch ihre Beweglichkeit kann betroffen sein, manche Patienten müssen das Laufen neu lernen. Schatz, ich kann überhaupt keine Prognosen stellen, so leid es mir tut. Mary-Lou hat die Nacht überstanden, das ist ein positives Zeichen."

„Kann sie auch wieder ganz gesund werden, Mum? Oder ist das ausgeschlossen?“

„Oh ja, Vic, natürlich gibt es die Chance, dass gar nichts zurückbleibt.“

Vic kuschelte sich an die Brust ihrer Mutter und atmete den vertrauten Geruch ein. Nach einer Weile machte sich Frau Bruckner los. „Ich muss jetzt das Gemüse weiterputzen. Wir wollen ja irgendwann zu Mittag essen. Du hast sicher Hunger, weil du nicht gefrühstückt hast. Ich mache Gemüse im Wok, das ist leicht und gesund.“

„Kann ich dir helfen, Mum?“

„Das schaffe ich allein. Geh in dein Zimmer und leg dich noch eine halbe Stunde hin. Ich rufe dich, wenn das Essen fertig ist.“

„Danke, Mum.“

In ihrem Zimmer schaltete Victoria ihren Computer ein, rief die Suchmaschine auf und wollte über Komapatienten recherchieren. Doch dann kam ihr eine andere Idee. Sie holte das Tagebuch aus der Tasche und zog das unleserliche Fax aus der hinteren Lasche. Sie hielt es gegen das Licht, zog eine Lupe aus der Schublade und studierte die Kopfzeile. Schließlich glaubte sie das Wort ELDORADO erkennen zu können und gab den Suchbegriff „Klinik Eldorado“ in den Computer ein.

Bingo! Sie hatte sofort einige Hundert Treffer. Gleich der erste Link führte auf die Homepage der Klinik.

Willkommen bei der Klinik ELDORADO,
Ihrer Kinderwunschklinik!
Bei uns wird Ihr sehnlicher Kinderwunsch wahr!
Unsere Erfolgsquote liegt bei 65 – 80 %.

Victoria klickte sich durch die Seite. In-vitro-Befruchtung, eingefrorene befruchtete oder unbefruchtete Eizellen, intrazytoplasmatische Spermieninjektion ... schon bald schwirrte ihr der Kopf und sie kam sich vor wie in einer medizinischen Zukunftsvision. Sie hatte nicht gewusst, was alles machbar war, um Paaren den Wunsch nach einem Kind zu erfüllen. Auf einer separaten Seite wurden die zuständigen Ärzte gezeigt. Victoria betrachtete die Fotos blendend aussehender Männer und versuchte sich vorzustellen, ob sie zu einem von ihnen Vertrauen fassen könnte. Die Klinik- und Behandlungsräume sowie das Laboratorium waren in einer Bildergalerie zu sehen. Alles klang supertoll, es schien keine Probleme zu geben und über einen Ticker wurde der nächste Termin für einen Informationsabend eingeblendet. Victoria klickte sich zu den Ärzten zurück und betrachtete sie genauer.

Dr. Marcel Aprillon arbeitete zunächst als Intensivmediziner, absolvierte dann eine Ausbildung als Facharzt an einer Hamburger Frauenklinik und spezialisierte sich danach auf gynäkologische Endokrinologie und Reproduktionsmedizin.

Ein interessantes hageres Gesicht mit einer klassischen Nase und dunklen Augen. Die blonden Haare waren kurz geschnitten und er trug eine randlose Brille. Zweifellos ein Frauentyp ...

Victoria ließ den Mauszeiger nach unten wandern.

Dr. Severin Skallbrax machte eine Ausbildung zum Facharzt für Gynäkologie und Geburtshilfe in New York, wo er auch promovierte. Er arbeitete einige Jahre in London und Paris mit weltweit führenden Reproduktionsmedizinern, bevor er sich dem Leitungsteam der Klinik ELDORADO anschloss.

Ein altersloses Gesicht – der Mann konnte ebenso fünfundzwanzig oder fünfundvierzig Jahre alt sein. Strahlend blaue Augen, die Visionen versprachen. Ein weicher, sinnlicher Mund. Das schwarze Haar war etwas länger und eine Locke fiel ihm in die Stirn.

Wow! Victoria starrte das Bild an und registrierte dann, dass der Mann ihrem Beuteschema entsprach. Sie musste unwillkürlich grinsen. Wirklich merkwürdig, dass sie immer wieder auf die gleichen äußerlichen Merkmale abfuhr! Ob das bei anderen Mädchen auch so war?

Aber dieser Skallbrax sah wirklich verboten gut aus. Leider trug er einen weißen Kittel und man konnte wenig von seiner Figur erkennen.

Vic lächelte noch immer. Sie kopierte das Bild heraus und schickte es als Mailanhang an Stella.

*Mein neuer Zahnarzt … Was meinst du? *g*

Dann wurde sie wieder ernst. Severin Skallbrax … Sie erinnerte sich an die Initialen aus dem Tagebuch. S. S. War damit vielleicht dieser Arzt gemeint? Aber wenn die Eintragungen tatsächlich vor sechzehn Jahren gemacht worden waren, war er da schon an der Klinik gewesen? So alt konnte er doch noch nicht sein …

Victoria setzte ein Lesezeichen auf die Homepage der

Klinik, um sie schnell wiederzufinden. Dann schloss sie ihren Browser und überlegte. Wie lange wurden in so einer Klinik die Patientenunterlagen aufgehoben? Bestand die Chance, mehr über Stellas leibliche Eltern herauszufinden, beispielsweise, was sie beruflich gemacht hatten oder ob es noch weitere Angehörige gab?

Ihre Mutter müsste so etwas eigentlich wissen. Vic schickte ihren Computer in den Schlafmodus und lief hinunter in die Küche.

„Das Essen ist noch nicht ganz fertig“, meinte Frau Bruckner. „Ich habe doch gesagt, dass ich dich rufe.“

„Wie lange werden in Krankenhäusern oder Arztpraxen Unterlagen über die Patienten aufgehoben?“, fragte Victoria ohne Umschweife.

„Oh ... das ist unterschiedlich. In der Regel zehn Jahre, manchmal auch länger. Warum interessiert dich das?“

Victoria zögerte kurz. „Stella hat zufällig herausgefunden, dass sie wahrscheinlich ein Retortenbaby ist. Sie ist neugierig und möchte Nachforschungen anstellen. Kennst du die Klinik ELDORADO?“

Eine leichte Röte überzog die Wangen ihrer Mutter. „Natürlich kenne ich sie. Es ist *die* Anlaufstelle für Paare mit unerfülltem Kinderwunsch, jedenfalls hier in der Umgebung.“ Sie räusperte sich. „Aber findet Stella es wirklich sehr schlimm, dass sie im Reagenzglas entstanden ist? Letztlich macht es keinen Unterschied, weißt du ....“

„Du kennst doch Stella, Mum. Die bleibt nach außen hin cool, selbst wenn gerade die Welt untergeht.“ Victoria seufzte. Manchmal würde sie wirklich gern in den Kopf ihrer Freundin hineinschauen. Stella konnte gut ihre Gefühle verbergen. „Bestimmt hat es sie getroffen."

„In-vitro-Fertilisation ist nichts Schlimmes, Vic", sagte Frau Bruckner mit einem prüfenden Blick auf ihre Tochter. „Das bedeutet nur, dass man der Natur etwas nachhilft, wenn es auf normalem Weg nicht klappt." Sie lachte kurz. „Die ‚Zutaten' sind dieselben wie bei einer natürlichen Zeugung. Ein Retortenbaby ist also kein Kunstprodukt oder genmanipuliert."

„Das ist mir schon klar." Victoria nickte. „Stella muss sich vermutlich einfach an den Gedanken gewöhnen."

„Der Mensch entwickelt sich ganz normal", fuhr Frau Bruckner fort. „Das heißt, er wird zu einem einzigartigen Geschöpf. Wie Stella. Und wie du."

Etwas in ihrer Stimme ließ Victoria aufhorchen.

„Wie du", wiederholte Frau Bruckner. Sie schien kurz zu überlegen, zögerte und fasste dann offenbar einen Entschluss. Mit fester Stimme erzählte sie weiter: „Dein Vater und ich … wir haben damals auch Hilfe in Anspruch nehmen müssen. Wir wünschten uns so sehr ein Kind, aber es klappte nicht. Ich wurde einfach nicht schwanger …"

Victorias Herz begann schneller zu klopfen.

„Wir ließen uns beide untersuchen, und die Ärzte bestätigten uns, dass alles in Ordnung sei. Sie rieten uns, die Sache mit weniger Stress und Druck anzugehen. Wir versuchten, ihren Rat zu befolgen, aber trotzdem klappte es nicht. Dann hörten wir von der Klinik ELDORADO, die angeblich Wunder bewirken konnte …" Frau Bruckner machte eine kurze Pause. „Wir meldeten uns dort an.

Wieder mussten wir eine Reihe von Untersuchungen über uns ergehen lassen, aber diesmal fand man heraus, warum ich nicht schwanger wurde. Ich hatte eine Art Allergie gegen … gegen das Sperma deines Vaters."

Victoria schnappte nach Luft. „Das heißt … bedeutet das, äh, willst du mir etwa sagen, dass ich in einem Reagenzglas, also …" Vor lauter Aufregung konnte sie kaum sprechen.

„Sie entnahmen mir eine reife Eizelle, brachten sie im Reagenzglas mit dem Sperma deines Vaters zusammen und pflanzten mir kurz darauf die befruchtete Eizelle in die Gebärmutter ein", berichtete Frau Bruckner. „Schon der erste Versuch war erfolgreich. Ich war überglücklich. Meine Schwangerschaft verlief ganz normal und ich brachte dich auch ganz normal auf die Welt."

„Warum … warum hast du mir das nicht schon früher erzählt?", fragte Vic und spürte, wie Wut in ihr hochstieg. Sie fühlte sich betrogen. Sie konnte nicht sofort fassen, was der wirkliche Grund ihrer Wut war – ein Gefühl dominierte aber ganz und gar: Ihre Eltern waren nicht ehrlich zu ihr gewesen!

„Ich wollte damit warten, bis du alt genug bist, es zu begreifen." Frau Bruckner blieb ruhig. „Es ist wirklich nichts Schlimmes daran, glaub mir. Du unterscheidest dich nicht von anderen Kindern." Sie griff nach Victorias Hand.

„Lass mich! Ich muss das erst verdauen", fauchte Victoria und Tränen stiegen ihr in die Augen. Man hatte ihr sechzehn Jahre lang die Wahrheit vorenthalten! Und auch jetzt hätte sie garantiert noch nichts davon erfahren, wenn die Sache mit Stella nicht herausgekommen wäre!

„Vic, bitte beruhige dich“, sagte ihre Mutter. „Es tut mir leid. Vielleicht hätte ich es dir wirklich früher sagen sollen. Es war ein Fehler, dass ich so lange geschwiegen habe. Trotzdem bist du unser leibliches Kind. Wir lieben dich sehr, dein Vater und ich.“ Sie versuchte, Victoria zu umarmen, die sich jedoch wegdrehte und die Küche verließ.

„Bleib doch hier, Vic! Wir wollten doch zusammen essen!“

Victoria ignorierte den Ruf ihrer Mutter, stürmte die Treppe hoch und sperrte sich in ihr Zimmer ein. Dort warf sie sich aufs Bett und vergrub ihr Gesicht im Kopfkissen. Sie schluchzte vor Wut und Enttäuschung.

„Ein Retortenbaby“, murmelte sie und sah in ihrer Fantasie einen der Ärzte von der Website vor sich. Er hantierte mit Spritze und sterilen Handschuhen. Seine Brillengläser funkelten, während er im kalten Neonlicht des Labors vor einem Reagenzglas stand. Seine Miene war hoch konzentriert, kleine Schweißperlen bildeten sich auf seiner Stirn. Und über dieser Szene stand in großen roten Lettern: HIER WIRD GERADE EIN MENSCH GEMACHT!

Victoria presste die Augen zusammen. Sie wünschte sich, dass alles, was in den letzten Tagen passiert war, nur ein schlimmer Traum war: ihr Zeitsprung, Mary-Lous Unfall und jetzt diese ernüchternde Information darüber, wie sie selbst entstanden war …

Victoria musste eingeschlafen sein, nachdem sie noch eine Weile im Internet gesurft und alle möglichen Artikel über Retortenbabys und künstliche Befruchtung gelesen hatte. Ihre Verwirrung war nur größer geworden …

Jetzt knurrte ihr Magen. Als sie sich herumdrehte und

auf ihren Wecker blickte, war es halb drei. Sie setzte sich auf und betrachtete ihr Gesicht im Spiegel. Das Kopfkissen hatte Abdrücke auf ihrer Wange hinterlassen und ihre Augen waren noch immer gerötet. Ihre schwarzen Haare standen wild zerzaust vom Kopf ab. Victoria streckte ihrem Spiegelbild die Zunge heraus, dann griff sie nach ihrem Handy.

Zwei SMS waren eingegangen. Die erste Nachricht stammte von Ruben.

Heute um 20 Uhr auf dem Nordfriedhof? Es ist Vollmond. LG.

Die andere SMS war von Stella.

Ich habe zu nichts Lust, nicht mal zum Laufen. Muss dauernd an Mary denken. Stella.

Victoria überlegte nicht lange und wählte Stellas Nummer.

„Vic!"

„Stell dir vor, meine Eltern waren auch in der Klinik", platzte Victoria heraus.

„Bei Mary-Lou?"

„Nein, in dieser Dings ... in dieser Kinderwunschklinik ELDORADO. Ich bin auch im Reagenzglas gemacht worden!"

„NEIN!" Stellas Überraschung klang echt. „Woher weißt du das denn?", fragte sie entgeistert.

Victoria erzählte, was sie von ihrer Mutter erfahren hatte.

„Sperma-Allergie." Stella kicherte. „Deine Mum hätte sich den ganzen Aufwand sparen können, wenn sie sich einen Lover genommen hätte."

„Woran es liegt, hat sie ja erst in der Klinik erfahren",

stellte Victoria trocken fest und überhörte Stellas lapidaren Einwurf.

„Was würdest du denn tun, wenn du dir ein Kind wünschst und es nicht klappt?", fragte Stella.

„Keine Ahnung." Victoria konnte sich schlecht in die Situation hineinversetzen. „Ich weiß ja nicht einmal, ob ich später überhaupt Kinder will."

„Ich schon. Mindestens drei. Am liebsten alles Jungs."

„Macht es dir gar nichts aus?", fragte Vic.

„Was? Dass ich Kinder will?"

„Quatsch, ich meine, dass du nicht auf normale Weise gezeugt worden bist."

Kleine Pause.

„Hm ...", sagte Stella dann. „Die Alternative wäre, dass ich nicht existieren würde. Oder dass ich jemand anderes wäre."

„Ooo-kay", meinte Vic, die sich schwer vorstellen konnte, nicht Vic zu sein. „Du hast recht. Vielleicht bin ich zu empfindlich. Ich denke bei dem Wort *Retortenbaby* immer an diese schauderhaften Bilder von ungeborenen Kindern, weißt du ... die in Gläsern mit Formaldehyd rumschwimmen ... Ich habe vorhin ein paar grässliche Artikel im Internet gelesen, was da alles gemacht werden kann, ehrlich, das willst du nicht wissen."

„Och Vic!", protestierte Stella. „Es ist modernste Medizin und kein alchemistisches Versuchslabor ..."

„Du bist also nicht schockiert, dass wir so entstanden sind?"

„Vic, viel schlimmer finde ich diese Adoptionsgeschichte.

Die hat mich echt aus der Bahn geworfen. Du denkst, du gehörst zu der Familie, in der du aufgewachsen bist – und eines Tages erfährst du, dass deine leiblichen Eltern tot sind und dass du auch schon mal eine Zeit lang in einem Heim warst. Und du hast null eigene Erinnerung daran! Das ist wirklich krass!"

„Ja, das kann ich mir vorstellen. Ich könnte damit auch schlecht umgehen."

„Ich wüsste so gern mehr über meine Eltern. Wie sie so gewesen sind, wie sie aussahen ..."

„Vielleicht kann ich ... kann ich ja etwas herausfinden, wenn ich mal wieder in die Vergangenheit reise", überlegte Victoria laut. Es hörte sich total verrückt an, so etwas zu sagen.

„Das wäre eine Möglichkeit. Ich würde dich dafür küssen." Vic hörte an Stellas Stimme, dass sie lächelte. „Du musst nur herausfinden, wie diese Reisen funktionieren und wie du sie kontrollieren kannst."

„Im Moment macht mir der Gedanke an diese Zeitsprünge ehrlich gesagt eher Angst", gab Victoria zu. „Aber wenn ich die Sache steuern könnte, wäre es ziemlich interessant, denke ich."

„Ich wünschte, wir könnten mehr Dinge steuern." Stella seufzte. „Dass Mary-Lou wieder gesund wird, zum Beispiel. Sie darf nicht ewig im Koma liegen!"

In Victoria krampfte sich alles zusammen. „Sie MUSS wieder aufwachen, Stella! Sie wird es, wir müssen nur fest daran glauben."

„Können wir uns nachher treffen, Vic? Im *Crazy Corner*

vielleicht? Und anschließend ins neue Einkaufszentrum gehen? Ich glaube, ich muss heute shoppen, um mich abzulenken."

Victoria überlegte kurz. „Gute Idee", sagte sie dann. „Wir treffen uns gegen vier Uhr, okay? Ich bin zwar gerade ziemlich pleite wegen des Tattoos, aber vielleicht leiht mir Mum was." Sie war in dieser Hinsicht ziemlich optimistisch, denn ihre Mutter würde ihr sicher etwas Gutes tun wollen. Und neue Schuhe oder ein neues Top würden Vics Laune bestimmt heben …

„Prima. Also bis später", verabschiedete sich Stella.

„Ciao." Victoria drückte auf den Aus-Knopf. Dann kam ihr ein Einfall. Sie öffnete ihren Kleiderschrank und kramte in der Schachtel herum, in der sie ihre Schals und Halstücher aufbewahrte. Dort hatte sie ihr Tagebuch versteckt. Seit sie acht Jahre alt war, schrieb sie alles auf, was sie bewegte – und sie hatte bereits eine Reihe von Notizbüchern vollgeschrieben. In der letzten Zeit waren ihre Einträge allerdings sporadischer geworden …

Sie zog das schwarze Buch hervor und strich automatisch über den Einband, der sich weich wie Samt anfühlte. Dann schlug sie es auf. Das Tagebuch begann im April vorigen Jahres und sie hatte es ungefähr bis zur Hälfte vollgeschrieben. Der letzte Eintrag stammte vom 29. März.

Es ist wieder kalt geworden. Heute früh hat es sogar geschneit! Ich will Sonne! Frühling!

Victoria lächelte, als sie die Zeilen las. Damals war alles noch ganz normal gewesen. Die physikalischen Gesetze hatten gestimmt. Keine Zeitreise, keine verlorenen Tage, kein Dorian …

Sie setzte sich aufs Bett, griff nach dem Füller mit der grünen Tinte und begann zu schreiben.

Freitag, 17. Mai

Meine Welt steht Kopf! Diesen Freitag habe ich schon einmal erlebt, doch da ist alles anders gewesen. Mary-Lou hatte gestern Abend einen schweren Unfall, sie liegt im Koma. Das allein wäre schon schlimm genug …

Stella und ich haben herausgefunden, dass wir Retortenbabys sind. Ob ich mich an den Gedanken gewöhnen werde?

Ich bin außerdem durch die Zeit gereist, zwei Tage in die Zukunft. Es war schrecklich, weil ich mich an die fehlende Zeit nicht erinnern konnte.

Stella kann neuerdings mit Gedankenkraft Menschen manipulieren. Unheimlich! Sie hat es auch an mir ausprobiert. Es funktioniert! Und Mary-Lou hat Kontakt mit einem Toten. Es ist ihr Bruder.

Ich weiß, dass das alles völlig absurd klingt. Innerhalb von ein paar Tagen ist nichts mehr so, wie es war. Was hat das alles zu bedeuten?

Ach so, noch etwas: Ich bekam per Post ein rätselhaftes Tagebuch zugeschickt. Es sieht so aus, als hätte ich es selbst geschrieben. Vor ungefähr sechzehn Jahren!
Ich kann mich nicht erinnern, dass ich die Einträge gemacht habe. Doch es ist meine Handschrift. Und meine Art zu zeichnen – diese Rose und der kleine Hund!
Alles ist so rätselhaft!!! Ob ich jemals Antworten auf meine Fragen bekommen werde? Manchmal denke ich, ich werde verrückt!

Sie schlug das Buch zu und presste es an ihre Brust. Mit geschlossenen Augen dachte sie noch einmal über all die rätselhaften Ereignisse nach, aber eine logische Erklärung fand sie trotzdem nicht. Es war, als würde sie in einem surrealen Film mitspielen. *Starring: Victoria Bruckner.*

Sie legte das Tagebuch in den Schrank zurück, zusammen mit dem *Magic Diary* aus der Vergangenheit, und begann, sich für das Treffen mit Stella zurechtzumachen. Shopping war jetzt vermutlich die beste Medizin. Und zuvor im *Crazy Corner* einen großen Eisbecher oder ein Stück Torte!

Als sie wenig später mit knurrendem Magen nach unten ging, fand sie die Küche leer vor. Auf dem Tisch lag ein Zettel, auf den ihre Mutter eine Nachricht gekritzelt hatte:

Essen ist im Kühlschrank, du musst es dir warm machen. Ich lege mich jetzt hin, bin noch immer ziemlich k. o.! Es tut mir leid wegen vorhin. Wir müssen in Ruhe darüber reden. Hdl, Mum

Victoria runzelte die Stirn, zerknüllte den Zettel und warf ihn in den Papierkorb. Dann öffnete sie den Kühlschrank und sah das zubereitete Gemüse, hatte aber keine Lust, es sich warm zu machen. Stattdessen nahm sie sich einen Müsliriegel aus der Schublade und riss auf dem Weg nach draußen die Umhüllung ab. An der Haustür stoppte sie. Halt, sie hatte ja kein Geld, nur noch wenige Euro, die vielleicht knapp für den Eisbecher reichen würden. Ihre Mutter war im Schlafzimmer, sollte sie sie deswegen stören? Victoria zögerte.

Frau Bruckners Jacke hing an der Garderobe. Vic griff in die Seitentasche und fand die Geldbörse. Im Seitenfach war nur noch ein 20-Euro-Schein.

„Mist." Kurz entschlossen zog sie die EC-Karte heraus. Die Geheimzahl kannte sie, sie hatte sie sich gemerkt, als sie einmal mit ihrer Mutter am Geldautomaten gewesen war. Natürlich würde sie die Karte heute Abend zurückgeben und ihrer Mutter auch sagen, was sie sich gekauft hatte. Normalerweise würde sie ja fragen, aber sie wollte sie nicht wecken. Vic steckte die Karte in ihre Jeanstasche, schnappte sich die Handtasche und verließ das Haus.

Sie hatte Glück und erwischte noch den Bus in die Innenstadt, der sich leicht verspätet hatte. Victoria nahm auf einem der hinteren Sitze Platz und beobachtete die anderen Fahrgäste. Sie sog die Luft ein. War sie die Einzige, deren Leben im Moment auf eine so harte Probe gestellt wurde? Warum passierten ihr diese Dinge, die mit dem Verstand nicht zu erklären waren?

Sie schloss die Augen und lauschte dem Brummen des Motors. Gut, dass sie sich wenigstens mit Stella über die unerklärlichen Ereignisse unterhalten konnte. Wobei Stella aus ihrer neuen Fähigkeit immerhin Vorteile ziehen konnte. Zeitreisen waren zwar als Gedankenspiel interessant, aber in der Realität machten sie enorme Schwierigkeiten. Der Zeitsprung zwei Tage in die Zukunft hatte Victoria nur einen wirren Kopf beschert – und ein furchtbar schlechtes Gewissen, weil Mary-Lou nun im Koma lag. Hätte sie sich nicht mit Stefan getroffen, wäre ihr nichts passiert – und sie würde jetzt mit ihnen zum Shoppen gehen können … Das Schuldgefühl schnürte Victorias Brust zusammen. Wenn Mary-Lou starb, wie würde sie da weiterleben können mit dem Wissen, dass alles nicht passiert wäre, wenn sie nicht von ihrer Zeitreise erzählt hätte?

Victoria seufzte tief.

„Alles in Ordnung?" Die korpulente Dame, die neben ihr saß, sah sie besorgt an.

Vic rang sich ein Lächeln ab. „Ja, alles okay, danke", sagte sie hastig. Sie musste sich wirklich zusammenreißen, obwohl ihr im Moment danach war, einfach laut loszuheulen.

Sie blickte aus dem Busfenster, es war die vertraute Strecke zur Schule. Alles war wie immer … Passanten auf den Gehwegen, Radfahrer, Leute, die aus den Häusern kamen oder hinter Türen verschwanden. Wie viele hatten wohl ein ähnliches Geheimnis wie sie und wussten nichts über ihre wahre Herkunft? Wer bangte gerade um das Leben eines Freundes? Und wer befürchtete, verrückt zu werden? Victoria schloss die Augen und legte die Stirn an die Fensterscheibe, aber die Scheibe war von der Sonne aufgeheizt und brachte keine Kühlung. Sie spürte, dass sich Kopfschmerzen ankündigten.

Zwei Haltestellen später musste Vic raus. Sie zwängte sich an den Beinen ihrer Sitznachbarin vorbei und murmelte eine Entschuldigung. Draußen war es stickig und schwül geworden, sicher würde es bald gewittern.

Victoria schlug den Weg zum *Crazy Corner* ein. Sie sah Stella schon von Weitem, die Freundin saß an ihrem Lieblingstisch an der Ecke, vor sich einen großen Eisbecher. Als sie den Kopf hob, winkte Vic ihr zu, um auf sich aufmerksam zu machen. Stella winkte zurück. Wenig später fielen sich die beiden Freundinnen um den Hals.

„Du brauchst mir nicht zu erzählen, wie es dir geht", meinte Stella. „Ich seh's dir an. Ich fühle mich genauso."

Vic winkte die Bedienung zu sich heran und bestellte sich ebenfalls einen großen Früchte-Eisbecher.

„Mit Sahne?", fragte das Mädchen.

Victoria überlegte kurz, dann nickte sie. Die Bedienung verschwand.

Stella lehnte sich zurück. „Es ist schon merkwürdig. Du ein Retortenbaby, ich ein Retortenbaby. Fehlt nur noch Mary-Lou. Und wir alle entdecken fast zur gleichen Zeit außergewöhnliche Fähigkeiten an uns. Da muss ein Zusammenhang bestehen, den wir nur noch nicht erkannt haben."

„Hm, wir sind Freundinnen, aber ob das schon alles ist?" Victoria schnitt eine Grimasse. „Ist Verrücktheit ansteckend?"

„Ich möchte gern wissen, wer Mary-Lou beobachtet und warum", sagte Stella. „Ein Stalker vielleicht? Meinst du, jemand hat sich in sie verliebt und überwacht sie jetzt auf Schritt und Tritt? Solche Leute sind krank ..."

Vic überlegte. „Mary hat nie einen Stalker erwähnt. Sie hat keine seltsamen Telefonanrufe oder Briefe erhalten ..."

„Wahrscheinlich liege ich völlig falsch", sagte Stella nachdenklich.

„Du, mir geht gerade etwas ganz anderes im Kopf herum." Vic holte tief Luft. „Als ich vorhin im Internet war, bin ich auf einen Artikel zum Thema Gentechnik und genetische Manipulation in sogenannten Kinderwunschkliniken gestoßen – gruselig, sage ich dir. Da bekommt man fast das Gefühl, dass Frankenstein lebt."

Stella zog die Augenbrauen hoch. „Vic, komm, jetzt geht deine Fantasie mit dir durch. Gentechnik ist eine medizinische Wissenschaft, die in Forschungszentren praktiziert wird. Willst du mir jetzt ein Horrormärchen erzählen, oder was?"

Aber Vic kam nun erst richtig in Fahrt. „Du kannst nicht leugnen, dass diese Wissenschaft ihre Risiken hat. Und dass die Verlockung, damit zu spielen, gerade mit Embryonen, nicht gerade klein ist ... Jetzt, wo wir erfahren haben, dass wir in so einer Klinik gezeugt worden sind, lässt mich das Thema nicht mehr los."

Stella blickte weiterhin skeptisch drein.

„Ich stelle ja nur Vermutungen an", fuhr Victoria unbeirrt fort. „Das bedeutet nicht, dass sie stimmen müssen. Also, es könnte doch wirklich sein, dass ein Dr. Frankenstein auch in unserer feinen Kinderwunschklinik namens ELDORADO ein bisschen mit Samen- und Eizellen herumgespielt und das Erbgut irgendwie verändert hat. Mit dem Ziel, den Menschen eine neue, besondere Eigenschaft zu verleihen."

„Du schaffst es noch, mir mit deinen Theorien die Lust aufs Eis zu verderben." Stella leckte ihren Eislöffel langsam ab. „Experimente mit Menschen sind verboten. Es gibt Menschenrechte. EU-Richtlinien. Vorschriften, was man mit Embryonen machen darf und was nicht ..."

„Und es gibt immer Leute, die sich nicht an Regeln halten", konterte Vic. Sie zog den Eisbecher, den die Bedienung eben gebracht hatte, zu sich heran und begann automatisch zu löffeln. „Wenn unser Erbgut verändert worden ist, lässt sich das irgendwie nachweisen? Könnten wir unser Blut irgendwo untersuchen lassen?"

„Hm, solche speziellen Untersuchungen sind bestimmt teuer. Ich glaube nicht, dass der Hausarzt sie macht. Jedenfalls nicht so einfach. Und womit willst du so eine Untersuchung begründen? Willst du zu ihm sagen: *Herr Doktor, können Sie mir bitte etwas Blut abzapfen, wahrscheinlich habe ich manipulierte Gene?*"

Sie mussten beide lachen.

„Vielleicht braucht man dazu gar kein Blut, sondern nur ein Haar oder eine Speichelprobe", sagte Stella. „So wird es jedenfalls bei Vaterschaftstests gemacht."

„Meine Mutter ist ja praktisch vom Fach, aber ich glaube nicht, dass ich mit ihr über das Thema reden kann", murmelte Victoria etwas abwesend und schob sich eine Brombeere in den Mund. „Wenn ich mir vorstelle, dass ich ihr von meinem Zeitsprung erzähle …" Sie schüttelte den Kopf. „Never!"

„Ich kann mit meiner Ma auch nicht darüber reden", meinte Stella. „Sie würde mir wahrscheinlich schon zuhören, obwohl sie kaum Zeit hat. Seit ich weiß, dass ich adoptiert bin, gibt sie sich wahnsinnig Mühe mit mir. Ich soll nichts vermissen, mich nicht gegenüber meinen Geschwistern benachteiligt fühlen et cetera, bla bla bla … Aber ich glaube, sie wäre überfordert, wenn sie hören würde, was uns gerade passiert. Und wenn ich ihr erzähle, dass ich Menschen manipulieren kann, dann sagt sie höchstens, ich sei ein bisschen größenwahnsinnig."

Vic angelte nach einer schwarzen Johannisbeere. „Ich habe das Gefühl, dass mein Kopf gleich platzt. Das ist alles so verwirrend … Und dazu noch die Sorge um Mary-Lou …" Tränen traten ihr in die Augen. „Sobald ich daran denke, habe ich das Gefühl, dass es mir den Boden unter den Füßen wegzieht. Ich traue mich gar nicht, mich über irgendetwas zu freuen, weil ich mich so schrecklich schuldig fühle."

Stella seufzte. „Das Shoppen wird uns guttun. Es lenkt uns ab."

Schweigend löffelte Vic ihr Eis. Als sie fertig war, bezahlten die Mädchen und verließen das Café. Bis in die Fußgängerzone waren es nur wenige Minuten.

„Ich brauche unbedingt einen neuen Bikini“, sagte Vic. „Mein jetziger ist völlig ausgeleiert, mit dem gehe ich nicht mehr ins Schwimmbad.“

„Und ich will neue Laufschuhe“, sagte Stella. „Bei meinen alten löst sich schon ein Stück Sohle, damit kann ich böse stürzen.“

„Dass du unbedingt Parkour machen musst.“ Vic warf ihr einen Seitenblick zu. „Es reicht schon, dass Mary-Lou im Krankenhaus liegt.“

Stella verdrehte genervt die Augen, wahrscheinlich hörte sie solche Sprüche täglich. „Am besten gehen wir ins Sportgeschäft, dort haben wir die größte Auswahl.“

Das neue Einkaufszentrum war riesig. Seit der Eröffnung war Victoria nicht mehr da gewesen, und wieder war sie fasziniert von der hohen Halle mit den vielen einzelnen Geschäften. Stella steuerte zielstrebig auf das erste Sportgeschäft zu. Im Schaufenster waren teure Markenartikel ausgestellt und Victoria zuckte ein wenig zurück. Sie hatte keine Lust, für einen Bikini 200 Euro oder mehr auszugeben … Aber Stella marschierte ohne Bedenken in den Laden und verkündete der Verkäuferin, die gleich auf sie zukam, dass sie sehr gute Laufschuhe suchte.

Während die Verkäuferin Stella zu den Schuhen führte, sah sich Victoria bei der Bademode um. Die Modelle, die infrage kamen, fingen alle bei 150 Euro an, und das war Victoria immer noch zu teuer, zumal kein einziger Badeanzug dabei war, der ihr wirklich gefiel. Während sie etwas ziellos umherschlenderte, entdeckte sie einen witzigen Bikini, der auf 59 Euro heruntergesetzt war. Weil das Vics

Preisvorstellungen ungefähr entsprach, entschied sie sich, den Bikini anzuprobieren. Sie ging damit zur Umkleidekabine. Der Bikini passte wie angegossen, aber der Spiegel in der Kabine war zu klein. Victoria erinnerte sich, dass sich an einer Säule gleich neben den Kabinen ein Ganzkörperspiegel befand, und trat aus der Umkleide, um sich in voller Größe betrachten zu können.

Der Bikini schien wirklich wie für sie gemacht worden zu sein. Während Vic ihn bewunderte und dabei feststellte, dass sie mit ihrem Körper sehr zufrieden sein konnte, fiel ihr im Spiegel ein Mann auf, der sie beobachtete. Sie drehte sich um. Ihre Blicke kreuzten sich für den Bruchteil einer Sekunde, dann wandte sich der Mann wieder dem Regal mit den Badehosen zu.

Victorias Herz pochte vor Aufregung. Hatte der Mann sie schon länger beobachtet oder hatte er nur zufällig in ihre Richtung geschaut? Sie war sich sicher, dass sie sein Gesicht schon einmal gesehen hatte. Bloß wo?

Er sah gut aus, ein jugendliches Gesicht, aber an den Schläfen wurde er bereits leicht grau. Er musste also mindestens fünfunddreißig oder sogar vierzig sein. Vic ging in die Umkleidekabine zurück und schob den Vorhang hinter sich zu. Während sie sich wieder anzog, zermarterte sie sich den Kopf, wo sie den Mann schon einmal getroffen hatte. Es machte sie fast verrückt, dass sie ihn nicht zuordnen konnte.

Als Vic die Kabine verließ, war der Mann verschwunden. Sie ging zur Kasse und bezahlte den Bikini mit der Karte ihrer Mutter. Dann machte sie sich auf die Suche nach

Stella, die sich noch immer bei den Schuhen aufhielt. Die Verkäuferin hatte ihr inzwischen ein ganzes Sortiment an Laufschuhen gebracht und wirkte etwas genervt.

Stella lief in quietschblauen Schuhen hin und her.

„Man läuft darin super, aber die Farbe ist nichts", war ihr Kommentar.

„Ich könnte sie Ihnen natürlich gerne in Weiß bestellen", bot die Verkäuferin freundlich an. „Allerdings gilt da nicht unser Sonderpreis."

Stella ließ sich auf einen Hocker sinken und streifte die Schuhe von den Füßen. „Nein, danke, ich glaube, ich sehe mich besser woanders um."

„Ganz wie Sie wünschen", zischte die Verkäuferin.

Vic unterdrückte ein Grinsen.

„Sie hätte dich am liebsten ermordet", sagte sie, als sie mit Stella den Laden verließ.

„Die Schuhe waren sowieso zu teuer", murmelte Stella. „Ich glaube, ich muss mal wieder Nachhilfestunden geben. Mein Taschengeld reicht einfach nicht. Alles kostet so viel. Meine Mutter dauernd anpumpen will ich auch nicht. Ich weiß, sie würde mir was geben, aber sie kommt selbst kaum mit ihrem Geld aus. – Was hast du denn gefunden?"

Victoria ließ sie einen Blick in ihre Einkaufstüte werfen.

„Super", sagte Stella. „Manchmal hat man einfach Glück. Ich bin gespannt, ob ich heute noch Schuhe finde."

Sie zogen an den Läden vorbei, betrachteten die Auslagen und ließen sich manchmal dazu verführen, ein Geschäft zu betreten. Vic kaufte ein silbernes Armband und Stella ein Halstuch mit ägyptischen Motiven.

„Meine Mutter hat bald Geburtstag, sie steht auf ägyptische Sachen“, erklärte sie.

Als sie an einer Herrenboutique vorbeikamen, entdeckte Victoria wieder den Mann, der ihr schon im Sportgeschäft aufgefallen war. Sie zupfte Stella am Arm.

„Guck mal durch die Scheibe. Der Kerl, der bei den Hemden steht – kennst du den?“

Stella schnalzte mit der Zunge. „Wow, der sieht aber gut aus!“

„Ja, das schon. Aber viel zu alt ...“

„Na ja, kommt darauf an.“

Victoria schaute Stella verblüfft an. „Wie meinst du das?“

Stella seufzte und schwieg.

Vic zog die Augenbrauen hoch. „Ich wusste gar nicht, dass du auf reife Männer stehst.“

„Ich auch nicht, aber den da würde ich nicht von der Bettkante schubsen. Außerdem sieht er aus, als hätte er viel Geld.“

Victoria zog Stella weiter, bevor sie noch mehr Unsinn reden konnte. „Wenn ich nur wüsste, woher ich ihn kenne.“

„Du kennst ihn?“, quietschte Stella begeistert. „Wie heißt er? Wo wohnt er? Hast du seine Handynummer?“

Victoria schüttelte den Kopf. „Nein. Ich habe sein Gesicht nur irgendwo gesehen, aber ich weiß nicht mehr, wo. Es war erst vor Kurzem.“

„Vielleicht auf deinem Zeitreisetrip?“, vermutete Stella. „Wenn du da solche Bekanntschaften machst, dann nimm mich doch bitte das nächste Mal mit.“

„Nein, er ist mir nicht während des Zeitsprungs begegnet“, sagte Vic, nachdem sie kurz nachgedacht hatte. „Es war irgendwann danach.“

„Vielleicht heute Morgen in der Klinik?“, bohrte Stella weiter. „Ein Kollege von deiner Mutter?“

„Bingo, die Klinik!“ Das war es! „ELDORADO. Dieser Mann war auf der Homepage zu sehen. Warte … habe ich dir das Foto nicht geschickt?“

„Du hast nur was von deinem neuen Zahnarzt geschrieben.“

„Das war ein Witz.“

„Dann schaue ich mir die Mail zu Hause noch einmal genauer an.“ Stella grinste. „Und natürlich die Homepage dieser Klinik.“

„Du würdest doch nicht wirklich was mit dem Typen anfangen wollen?“, fragte Victoria misstrauisch.

„Ach was. Aber Gucken ist ja wohl noch erlaubt, oder? Komm! Schuhe!“ Stella packte Vic am Arm und zog sie in den nächsten Laden. „Meine Intuition sagt mir, dass ich *hier* meine Traumschuhe finde …“

Anderthalb Stunden später saßen die beiden Mädchen erschöpft auf einer Bank in der Halle, einen Gemüsewrap in der Hand und etliche Einkaufstüten neben sich.

„Sehr lecker“, meinte Stella und leckte sich die Soße von ihrem Finger. „So einen Wrap könnte ich jeden Tag essen. Die machen hier echt die besten.“

Vic hatte ihren Wrap schon fast verzehrt. Ihr war ein bisschen schwummrig und die Geräusche ringsum drangen zu ihr wie durch Watte gedämpft. Was war mit ihr los? Bleierne Müdigkeit lähmte ihre Glieder. Sooo lange waren sie doch gar nicht herumgelaufen, da hatten sie schon schlimmere Touren gemacht! Stella sagte etwas zu ihr, was Victoria jedoch nicht verstand. Stellas Stimme klang abgehackt, Teile des Satzes fehlten, die Worte wurden laut und wieder leise. Jetzt begann sich die Umgebung um Vic auch noch zu drehen. Der Boden unter ihren Füßen fing an zu schaukeln, so als befände sie sich auf einem Schiff …

Ich werde gleich ohnmächtig, dachte Victoria bestürzt. Konnte es an dem Gemüsewrap liegen? Reagierte sie allergisch auf eine Zutat und bekam einen Schock? So etwas konnte lebensgefährlich werden … Sie wollte Stella auf ihren Zustand aufmerksam machen, doch als sie sich zu ihr drehte, stürzte sie in einen tiefen, schwarzen Tunnel.

Totenbeschwörung

Die Nacht war sternenklar. Über der kleinen Kapelle schwebte der Vollmond, gelb und zum Greifen nah. Es duftete nach Geißblatt und Lilien.

Vic saß zitternd auf der Bank. Sie hatte die Schultern hochgezogen und fröstelte in der kühlen Nachtluft.

Aha, hier bin ich also gelandet!

Kein allergischer Schock, sondern wieder ein Zeitsprung. Sie wusste sofort, wo sie sich befand: auf dem Nordfriedhof, wo sie sich schon oft mit ihren Freunden getroffen hatte.

Sie war nicht allein. An den Gräbern vor ihr machten sich einige dunkel gekleidete Gestalten zu schaffen. Sie erkannte Ruben an seinen abgehackten Bewegungen. Seit er als Zehnjähriger einmal an einer Hirnhautentzündung erkrankt war, hatte er eine motorische Störung, aber Victoria hatte sich inzwischen so daran gewöhnt, dass es ihr kaum noch auffiel. Ein Kichern verriet Merle, die erst vor Kurzem zu der Gruppe gestoßen war und alles schrecklich aufregend fand. Sie war die Jüngste, erst vierzehn. Auf einer Grabplatte saßen Umberto und Zora, Vic sah ihre beiden Zigaretten in der Dunkelheit glühen. Evelyn zündete mit feierlichen Bewegungen drei schwarze Kerzen an, ließ das Wachs auf eine Marmorplatte tropfen und klebte die Kerzen damit fest.

Vollmond, konstatierte Vic. Hatte Ruben nicht gesagt, dass Vollmond war? Also war es vermutlich noch derselbe Tag, nur ein paar Stunden später. Vic versuchte sich zu entspannen. Es schockierte sie nicht mehr so wie bei ihrem ersten Zeitsprung; sie wusste ja inzwischen, was passiert war. Und sie wusste auch, dass sie wieder in die Gegenwart zurückkehren würde. Es kam nun darauf an, dass sie sich normal benahm und die anderen nichts merkten.

Ruben drehte sich um und kam zu ihr. „Geht's dir besser?"

„Hmm." Offenbar war ihr gerade übel gewesen.

„Ich verstehe ja, dass du am liebsten nach Hause möchtest. Aber versuche trotzdem durchzuhalten, ja? Evelyn will das jetzt durchziehen. Und Umberto ist auch dafür. Du weißt ja, wie sehr er auf sie abfährt."

„Obwohl er mit Zora zusammen ist", konterte Vic. Diese komplizierte Dreiecksbeziehung war in der Gruppe kein Geheimnis. Evelyn war eine schillernde Person, die zahlreiche Facetten besaß und die man nie richtig durchschauen konnte. Mit vierzehn war sie nach einem Selbstmordversuch ein halbes Jahr in der Psychiatrie gewesen, und angeblich schluckte sie auch jetzt noch Stimmungsaufheller, um mit ihren Depressionen klarzukommen. Umberto war ihr verfallen, und Vic hätte ihm an Zoras Stelle schon längst den Laufpass gegeben. Evelyn hatte einen Hang zu allem Morbiden, schrieb düstere Gedichte, die vom Tod handelten, und behauptete, sie hätte ihre Seele dem Teufel verkauft. Umberto würde ihr deswegen fast jeden Wunsch erfüllen ... Vic mochte Evelyn nicht, aber trotzdem übte sie eine merkwürdige Faszination aus.

Ruben setzte sich neben Victoria auf die Bank.

„Und was soll das jetzt werden?“ Vic wies mit dem Kopf auf Evelyn, die noch immer die Kerzen verteilte.

„Sie will die Toten wecken und mit ihnen sprechen.“

„Ach, reichen ihr die Stimmen noch nicht, die sie sonst hört?“ Diese bissige Bemerkung konnte sie sich nicht verkneifen. Früher hatte Ruben die Gruppe angeführt, aber inzwischen war Evelyn die heimliche Queen geworden, die bestimmte, was gemacht wurde. Einen Moment lang überlegte Vic, ob Evelyn vielleicht ihre Mitmenschen genauso beeinflussen konnte wie Stella. Aber sie würde sich eher die Zunge abbeißen, als Evelyn so etwas zu fragen.

„Du hast doch sonst immer begeistert mitgemacht, wenn wir versucht haben, die Toten zu beschwören. Warum bist du heute so zickig?“

Weil ich inzwischen einen Geist gesehen habe, deshalb!

Das sagte sie natürlich nicht.

„Weil meine Freundin im Koma liegt“, fauchte Vic. „Vielleicht wird sie sterben. Ich will das Schicksal nicht herausfordern, nicht heute.“

Ruben schwieg. Dann sagte er: „Ich fürchte, das wird Evelyn nicht interessieren.“

„Die interessiert sich ja sowieso für nichts – außer für sich selbst.“

„Jetzt bist du ungerecht, Vic.“

Victoria hatte große Lust, einfach aufzustehen und zu

gehen. Doch es war sicher schon gegen Mitternacht oder noch später, und um diese Zeit ging kein Bus mehr. Normalerweise fuhr sie nach dem nächtlichen Treffen mit Zora nach Hause. Diese hatte seit einiger Zeit den Führerschein und ein klappriges Auto. Vic beneidete sie darum. Der Wagen musste zwar alle naselang in die Werkstatt und Zora beschwerte sich über die astronomischen Spritpreise, aber mit dem Auto war sie unabhängig. Vic dagegen musste immer überlegen, wie sie nach Hause kommen konnte. Sie hatte sich auch schon zweimal ein Taxi genommen, doch das ging empfindlich ins Geld.

Nun kam auch Merle zur Bank und setzte sich neben Vic.

„Hach, ich bin so aufgeregt", sprudelte sie los. „Ich habe so was noch nie mitgemacht! Meint ihr, es passiert was? Glaubt ihr, es erscheint tatsächlich ein Geist?"

„Das weiß niemand im Voraus", antwortete Ruben. „Es müssen viele Faktoren zusammenkommen, damit eine Beschwörung erfolgreich ist. Die *andere Seite* muss Lust haben, mit uns zu kommunizieren, wenn du verstehst, was ich meine."

„Wie jetzt?", fragte Merle unsicher.

„Du gehst ja auch nicht immer an dein Handy, wenn deine Mutter einen Kontrollanruf macht", meinte Ruben.

„Ooo-kay", sagte Merle. „Du glaubst also, die Toten suchen sich aus, mit wem sie reden wollen oder nicht?"

„Genauso ist es." Ruben nickte. „Und wahrscheinlich haben sie dort, wo sie sind, genug zu tun und sind nicht sonderlich daran interessiert, mit irgendwelchen Menschen zu quatschen, die einfach nur einen Kick brauchen."

„Klingt logisch", gab Merle zu.
„Ja, warum sollen sie sich die Mühe machen", sagte Vic. „Zwischen uns und den Toten hier in den Gräbern besteht keinerlei Beziehung. Niemand ist mit uns verwandt oder so. Warum also sollen sie mit uns reden wollen? Ehrlich gesagt, ich glaube nicht, dass es klappt."
„Man kann es nie wissen", entgegnete Ruben.
Evelyn war jetzt dabei, mit einem etwa 30 Zentimeter langen Bambusstab ein Pentagramm in den Kiesweg zu kratzen. Die Armreifen an ihrem Handgelenk klirrten leise, und die Art, wie sie sich bewegte, hatte etwas Magisches. Sie murmelte dabei Worte in einer unbekannten Sprache vor sich hin. Victoria spürte, wie sie eine Gänsehaut bekam.
Wilde Magie. Sie musste wieder an den Eintrag in dem rätselhaften Tagebuch denken. Schaudernd zog sie die Schultern hoch.
Evelyn war mit ihrem Pentagramm fertig und kauerte sich in die Mitte des fünfzackigen Sterns. Umberto und Zora erhoben sich von der Grabplatte und traten auf den Kiesweg.
„Kommt!", rief Zora in Richtung Bank. „Wir müssen einen Kreis bilden und uns an den Händen halten."
Widerwillig stand Vic auf. Sie hatte keine Lust mitzumachen, aber Ruben zog sie bereits zum Pentagramm. Als sie in sich hineinhorchte, stellte sie fest, dass sie Angst hatte. Angst davor, dass diesmal tatsächlich eine Tür aufgehen könnte, weil sich inzwischen das Übernatürliche in ihr Leben eingeschlichen hatte …

Evelyn blieb in der Mitte des Pentagramms, während die anderen jeweils in eine Zacke des Sterns traten. Dann fassten sich die Außenstehenden an den Händen und bildeten einen Kreis.

Rubens Griff war fest und stark. Merles Hand dagegen fühlte sich kalt und verschwitzt an. Vic betrachtete sie von der Seite. Auch auf ihrer Stirn, vom Mondlicht beleuchtet, glitzerten kleine Schweißtröpfchen. Sie hatte eine Stupsnase und wirkte noch recht kindlich, jünger als vierzehn. Vic hätte sie am liebsten nach Hause und in ihr Bett geschickt, aber das stand ihr nicht zu. Trotzdem fühlte sie sich für Merle verantwortlich. Was, wenn Merle das schwarzmagische Ritual nicht verkraftete und durchdrehte?

Es war keine Zeit, sich länger Gedanken zu machen, denn Evelyn begann mit einem monotonen Gesang. Ihre Stimme war tief und rau. Während sie sang, ließ sie eine lange silberne Kette pendeln. Der Anhänger daran sah aus wie ein Auge. In der Mitte funkelte ein rubinroter Stein.

„Herr der Finsternis!
Wir grüßen dich und verneigen uns vor dir in Ehrfurcht.
Wir, deine Diener und Dienerinnen, bitten dich,
in dieser Nacht die Pforte zu öffnen,
die das Diesseits vom Jenseits trennt.
Schicke uns einen Totengeist,
damit wir endlich Gewissheit haben,
dass keiner für immer geht.
Wir flehen dich an:
Gib uns ein Zeichen, Luzifer,
du Lichtbringer und Rebell!“

Nach Evelyns Gesang herrschte Stille. Victoria hörte ihren eigenen Herzschlag. Ein kühler Wind kam auf. Die Kerzen, die Evelyn auf den Gräbern entzündet hatte, begannen zu flackern. Eine nach der anderen erlosch. Merles Hand zuckte vor Nervosität.

Vic spürte die Spannung, die über dem Friedhof lag. Die Luft war aufgeladen mit etwas Fremdem, Bedrohlichem ... Würde sich nun gleich die Erde öffnen? Vic hielt unwillkürlich den Atem an.

Ein großer, schwarzer Schatten segelte lautlos durch die Luft, nur etwa einen Meter über ihren Köpfen. Dann klatschte etwas neben Merle auf den Boden.

Alle schrien vor Schreck laut auf. Merle duckte sich und schützte ihren Kopf mit den Armen. Der Kreis war unterbrochen. Zora hatte sich an Umbertos Brust geworfen. Vic stand stocksteif da und starrte auf den dunklen Gegenstand, der auf dem Kiesweg lag.

Ruben fasste sich als Erster. Er zog eine LED-Taschenlampe aus der Hosentasche. Kaltes Licht fiel auf das *Ding*.

Es war ein Rabe. Er lag da, den Kopf unnatürlich verdreht. Sein Genick war gebrochen, die Augen im Tod erstarrt. Blut sickerte aus seinem Gefieder.

Vic hörte jemanden kreischen. Erst als sich Rubens Arme um sie schlossen, merkte sie, dass sie selbst geschrien hatte. Ein Heulkrampf schüttelte sie. Ruben streichelte hilflos ihren Rücken.

„Was war das?“, flüsterte Merle. „Was ist da Dunkles geflogen? War das ... ein Vampir? Oder war es ... der Teufel?“

Niemand antwortete.

Evelyn trat aus dem Pentagramm und hob mit spitzen Fingern den toten Raben auf, während sie mit der anderen Hand die silberne Kette fest an sich presste. „Wenn das ein Zeichen war – was hat das zu bedeuten?“

„Nichts Gutes“, murmelte Umberto düster.

Zora bekam einen hysterischen Anfall. Sie ging auf Evelyn los.

„Verdammt, du bist schuld, dass das passiert ist! Du wolltest unbedingt, dass wir die Beschwörung machen! Und wenn *er* uns jetzt alle holt, was dann? *Ich* habe ihm meine Seele nicht verkauft, ich nicht!“ Sie boxte Evelyn gegen die Brust. Evelyn, gehandicapt durch den toten Raben, wich zurück.

„Aber ihr wart bereit mitzumachen“, schrie sie. „Alle! Es ist unfair, mir jetzt die Schuld zu geben. Wie konnte ich wissen …“ Ihre Stimme versagte.

Vic wurde klar, dass Evelyn selber große Angst hatte. Nicht einmal sie schien mit so einem unheimlichen Vorfall gerechnet zu haben.

„Leute, wir dürfen jetzt nicht durchdrehen“, versuchte Umberto die Gruppe zu beruhigen. „Das Ganze kann auch eine ganz natürliche Erklärung haben …“

„Seit wann fallen Raben einfach so tot vom Himmel?“, widersprach Zora.

„Und was ist da geflogen?“, wiederholte Merle, die vor lauter Panik fast hyperventilierte. „Vampire sind nicht natürlich …“

„Es hatte Flügel“, sagte Zora. „Und es war fast so groß wie ein Mensch.“

„Ein Todesengel“, kam es tonlos von Evelyn.
„Es kann auch ein Vogel gewesen sein“, hielt Ruben dagegen.
„So große Vögel gibt's hier nicht“, meinte Zora.
„Vielleicht war es ein Uhu“, sagte Umberto. „Und als er uns gesehen hat, hat er seine Beute einfach fallen gelassen.“
Schweigen.
„Das wäre schon ein seltsamer Zufall“, sagte Zora nach einer Weile.
„Zufälle gibt es nicht“, wisperte Merle.
„Und was machen wir jetzt mit dem toten Raben?“, fragte Evelyn mit zitternder Stimme.
„Gib ihn her.“ Ruben streckte seine Hand aus und nahm den toten Vogel in Empfang. Dann legte er ihn auf die Bank und beleuchtete ihn mit seiner Taschenlampe. Die anderen traten vorsichtig näher, hielten aber respektvoll Abstand.
„Löcher wie von Vogelklauen“, stellte Ruben fest. „Umberto könnte recht haben. Vielleicht war es tatsächlich ein Uhu.“
„Oder ein Dämon“, flüsterte Merle mit aufgerissenen Augen.
Evelyn gab ein würgendes Geräusch von sich und erbrach sich in die Büsche.
„Bring ihn weg“, ächzte Zora in Rubens Richtung. „Wenn ich den Raben noch länger sehe, dann muss ich auch noch kotzen.“
„Wie unheimlich sein Auge ist“, murmelte Merle.
„Soll ich ihn irgendwo vergraben?“, fragte Ruben.

„Mann, völlig egal, Hauptsache, du schaffst ihn weg“, sagte Umberto.

„Okay.“ Ruben hob den Raben auf und ging mit ihm davon. Seine Schritte knirschten auf dem Kies. Niemand folgte ihm. Umberto zündete sich eine Zigarette an und Victoria roch den süßlichen Duft von Gras.

„Wir sollten den Vorfall nicht überbewerten“, meinte er.

„Du hast gut reden“, fiel ihm Zora ins Wort. „Das, was heute Nacht passiert ist, werde ich nie im Leben vergessen. Wahrscheinlich werde ich davon träumen ...“

Evelyn sammelte wortlos die erloschenen Kerzen ein und verstaute sie in ihrem Rucksack.

„Ich will nach Hause“, sagte Merle mit kläglicher Stimme. „Zora, kannst du mich bringen?“

„Klar“, antwortete Zora sofort. „Noch jemand?“

„Ich“, meldete sich Vic. „Um diese Zeit geht kein Bus mehr.“

„Kein Problem.“

„Ich fahre mit Ruben“, sagte Evelyn. „Der nimmt mich sicher auf seinem Moped mit.“

„Wenn nicht, dann kannst du bei mir schlafen“, bot Umberto ihr an. „Ich wohne ja gleich hier um die Ecke, zu Fuß höchstens zehn Minuten.“

Vic sah, wie Zora ärgerlich die Stirn runzelte. Sie sagte aber nichts.

Ruben kam zurück. Er schlenkerte seine langen Arme, um seine Hände zu trocknen, die er am Wasserhahn gewaschen hatte. „So, erledigt!“

„Was hast du mit ihm gemacht?“, fragte Vic.

„Auf den Haufen geworfen, wo die Grünabfälle liegen", antwortete Ruben. „Er macht sich gut zwischen den Kränzen."

„Lasst uns gehen", drängte Merle. „Ich will hier weg."

Damit sprach sie Vic aus der Seele.

Sie gingen zum Ausgang und kletterten über das abgeschlossene Friedhofstor. Als Vic aufs Zoras Auto zusteuerte, merkte sie, wie ihr wieder schwindelig wurde. Sie klammerte sich an Merles Arm.

„Was ist?", fragte Merle irritiert.

Vics Pulsschlag hatte sich erhöht. Ihr Herz klopfte rasend schnell. „Einen Moment", flüsterte sie. „Ich glaube, ich werde ..."

Doch da war schon der schwarze Tunnel, in den sie hineingezogen wurde.

„Hallo, hallo? Können Sie mich hören?"

Immer wieder redete die Stimme auf sie ein. Victoria öffnete die Augen und blickte in ein Männergesicht, das ihr vage bekannt vorkam. Sie blinzelte.

„Was ... was ist passiert?"

„Sie sind ohnmächtig geworden." Der Mann lächelte sie an und fühlte dann ihren Puls. „Ich bin Arzt."

Vic wandte den Kopf. Neben ihr saß Stella, die sie ziemlich besorgt anblickte.

„Du bist vor fünf Minuten einfach zusammengeklappt. Wie gut, dass dieser Herr gerade vorbeigekommen ist. Ich habe mir solche Sorgen gemacht."

„Ihr Puls ist etwas beschleunigt, aber kräftig“, sagte der Fremde. „Sie hatten eine kleine Kreislaufschwäche. Vermutlich zu wenig getrunken bei der Hitze. Ich bin Dr. Severin Skallbrax.“

Vic zuckte unwillkürlich zusammen und starrte in die blauen Augen des Mannes. Sein Gesicht war sonnengebräunt, als käme er gerade aus dem Urlaub. Er ließ ihr Handgelenk los.

„Bleiben Sie noch einen Moment auf der Bank sitzen, bis Sie sich besser fühlen. Trinken Sie etwas. In den nächsten Tagen sollten Sie Ihren Hausarzt aufsuchen und sich vorsichtshalber durchchecken lassen. Ich glaube zwar nicht, dass eine ernsthafte Krankheit dahintersteckt, aber sicher ist sicher.“

„Vielen Dank“, antwortete Stella an Vics Stelle, die viel zu sehr damit beschäftigt war, ihre Gedanken zu ordnen.

„Hier ist meine Karte. Sollte es Ihnen wieder schlechter gehen, können Sie mich gern anrufen.“ Er zog eine Visitenkarte aus seiner Jacke und reichte sie Vic. „Gute Besserung.“

Er hatte die ganze Zeit vor den beiden Mädchen gekniet, jetzt erhob er sich mit einem Lächeln, drehte sich um und ging mit großen Schritten davon. Stella und Vic starrten ihm nach.

„Wow!“, sagte Stella. „Bevor du seine Karte wegwirfst, gib sie mir.“

„Ich hatte einen Zeitsprung“, sagte Vic und betrachtete die Visitenkarte. Sie hatte erwartet, darauf die Klinikadresse zu lesen, doch Skallbrax hatte ihr seine Privatadresse gegeben. Vic war sich unschlüssig, wie sie das interpretieren sollte. Ihr Kopf funktionierte noch nicht ganz richtig, sie musste sich erst wieder auf die Gegenwart einstellen.

„Dass du wieder einen Trip hattest, habe ich mir schon fast gedacht. Wo warst du? Was ist passiert?"

„Es war ziemlich grässlich." Vic schüttelte sich, als sie an den toten Raben dachte. „Ich habe mich mit Ruben und ein paar anderen für heute Abend auf dem Nordfriedhof verabredet. Genau dieses Treffen habe ich jetzt erlebt."

„Oh weh, was ist passiert?"

„Ein toter Rabe ist vom Himmel gefallen. Und vorher flog ein merkwürdiger Schatten über uns hinweg. Umberto meint zwar, es könnte ein Uhu gewesen sein und das Ganze eine natürliche Erklärung haben ... aber ich weiß nicht." Vic holte tief Luft. „Evelyn hat Satan beschworen."

„Ein toter Rabe? Ist ja widerlich." Stella verzog angeekelt das Gesicht.

„Ja." Vic nickte. „Eine Wiederholung der ganzen Sitzung heute Abend brauche ich wirklich nicht. Ich werde Ruben anrufen und ihm absagen."

„Meinst du, damit änderst du was?"

„Keine Ahnung. Ich werde Ruben jedenfalls nicht vor dem toten Raben warnen. Wer weiß, was dann vom Himmel fällt! Das will ich mir gar nicht vorstellen!"

„Vielleicht war es wirklich nur ein Uhu", meinte Stella. „Gibt's die hier bei uns?"

„Weiß ich nicht. Ich bin jedenfalls vorher noch keinem begegnet." Victoria drehte die Visitenkarte in den Händen. „Warum hat uns Skallbrax seine Karte gegeben?"

„Vielleicht hofft er, dass du mit einer Schachtel Pralinen vor seiner Tür stehst und dich bedankst, dass er dich gerettet hat."

„Gerettet?", fragte Vic alarmiert. „Was hat er gemacht?"

„Ach was, eigentlich gar nicht viel. Er hat gemerkt, dass ich dich rufe und dir auf die Wangen klopfe, und wir wollten gerade zusammen deine Beine hochnehmen, damit dir das Blut in den Kopf strömt, aber da bist du schon wieder zu dir gekommen."

Vic war erleichtert. „Das war alles?"

„Ja."

„Schon merkwürdig, dass wir ihn hier getroffen haben", grübelte Vic. „Und wie er mich vorhin angestarrt hat. So als würde er mich schon länger kennen. Vielleicht beobachtet er mich?"

„Ein Stalker?" Stella schüttelte den Kopf. „Jetzt übertreibst du." Gleich darauf wurde sie nachdenklich. „Oder er ist ein *Watcher*. So einer, der auch Mary-Lou beobachtet. Er weiß ja sicher, dass wir befreundet sind. Aber vielleicht sehen wir auch Gespenster, Vic."

Die Mädchen schwiegen betroffen.

Im nächsten Moment hatte Victoria einen Flash. Das Bild von Severin Skallbrax auf der Website der Kinderwunschklinik ELDORADO tauchte plötzlich vor ihr auf. Sie beobachtete in ihrer Vorstellung, wie Skallbrax vor vielen Jahren die In-vitro-Befruchtungen manipuliert hatte. Vor ihrem geistigen Auge sah sie den hochgewachsenen Mann in einem weißen Kittel am Reagenzglas hantieren. Er trug dünne Gummihandschule, seine Miene war hoch konzentriert. Vic malte sich aus, wie er die Ergebnisse seines Versuchs in den Computer eingab und Listen ausdrucken ließ, die er dann in Ordner abheftete und in einem streng gesicherten Tresor unterbrachte ... Er und seine eingeweihten Helfer kontrollierten die Geburten der Babys, deren Gene manipuliert waren. Sie hielten Kontakt zu den entsprechenden Kinderärzten, tauchten in Kindertagesstätten und Kindergärten auf, um die spielenden Kinder zu beobachten ... Victoria stöhnte. Ihr Fantasiebild war so klar und so überwältigend, dass sie unwillkürlich zu flüstern begann.

„Vielleicht sind das die *Watchers*", murmelte sie. „Wir haben ja bisher nichts von ihnen gemerkt – und wahrscheinlich hätten wir auch weiterhin nichts gemerkt, wenn uns Mary-Lou nicht von den *Watchers* erzählt hätte."

„Moment, ich kann dir nicht ganz folgen, Vic. Kannst du mich an deinen wilden Fantasien teilhaben lassen, bitte?", fragte Stella leicht ironisch.

„Ich hatte gerade das verrückte Bild vor mir, dass Severin Skallbrax etwas mit uns, also unserer Entstehung, zu tun hat", sagte Victoria und blickte ihre Freundin an. „Das klingt zwar total wirr, aber ganz abwegig ist es auch nicht. Das musst du zugeben. Und wenn Skallbrax tatsächlich in so eine Genmanipulation verwickelt ist, dann weiß er bestimmt mehr."

„Gib mir die Karte", forderte Stella sie auf. „Ich werde ihn anrufen oder besuchen. Ich will unbedingt mehr rauskriegen. Und dank meiner neuen Fähigkeit kann ich ihn vielleicht dazu bringen, dass er ein bisschen plaudert."

Vic zögerte. „Sollten wir nicht besser zusammen hingehen? Mir ist nicht ganz wohl bei dem Gedanken, dich mit ihm allein zu lassen."

Stella zog die Augenbrauen hoch. „Denkst du, er nützt die Situation aus und fällt über mich her? Mann, Vic, du hörst dich schon an wie meine Mutter … meine Adoptivmutter! Ich kann mich wehren … Und außerdem, wer sagt denn, dass er allein lebt? Wahrscheinlich hat er Frau und Kinder. Ich kann mir nicht vorstellen, dass so ein blendend aussehender Mann Single ist."

Vic gab sich geschlagen und reichte Stella die Visitenkarte.

Freitag, 17. Mai, 23 Uhr

Unglaublich, was an einem einzigen Tag passiert ist! Ob wir unserem Geheimnis langsam ein Stück näher kommen? Hat Dr. Severin Skallbrax etwas mit unserer Herkunft zu tun, die mit der Klinik ELDORADO zusammenhängt? Ich bin gespannt, was Stella erzählen wird, wenn sie mit ihm geredet hat …

Ruben war sauer, weil ich abgesagt habe. Er meint, ich würde mich in der letzten Zeit ziemlich ausklinken. So ganz unrecht hat er damit nicht. Aber ich habe im Moment genügend eigene Probleme und muss mir nicht noch zusätzlich welche machen durch Evelyns Beschwörungsversuche! Wenn ich an den toten Raben denke, der während meines Zeitsprungs vom Himmel gefallen ist – brrr!

Wie man es auch dreht und wendet: Das ist so ein schlechtes Omen! Und schlechte Vorzeichen kann ich jetzt gerade brauchen!

Meine Mum hat vorhin aus der Klinik angerufen und mir die Hölle heiß gemacht, weil ich die EC-Karte aus ihrem Geldbeutel genommen habe, ohne ihr etwas davon zu sagen. Sie hat getankt und konnte an der Kasse nicht bezahlen ... Sie hat sich furchtbar aufgeregt und hätte mir fast Hausarrest verpasst. HAUSARREST!! Hallo, ich bin sechzehn! Zum Glück hat sich Mum dann wieder beruhigt und mir geglaubt, dass ich ihren Mittagsschlaf nicht stören wollte. Wahrscheinlich war sie heilfroh, dass sie die EC-Karte nicht verloren hat und sperren lassen muss.
Es gibt nichts Neues von Mary-Lou. Ihr Zustand ist unverändert. Ich weiß nicht, wie ich das Wochen oder Monate aushalten soll. Heute Vormittag hatte ich zwar einen Moment lang das sichere Gefühl, dass sie es schaffen wird. Aber vielleicht war das nur ein Wunschdenken von mir. Und wahrscheinlich habe ich mir auch nur eingebildet, dass ihr toter Bruder am Kopfende des Bettes steht ...

Wenigstens kann ich mit Stella über alle Sorgen reden. Wenn ich sie nicht hätte! Niemand sonst würde mir glauben, alle würden sagen, dass ich langsam durchdrehe.

Victoria ließ den Stift sinken und starrte ins Leere. Dann klappte sie das Tagebuch zu, rollte sich auf die Seite und knipste das Licht aus. Sie war völlig erschöpft und schlief gleich ein.

Er war da. Er stand an ihrem Bett, streckte die Hände nach ihr aus und half ihr, sich aufzusetzen.

„Was ist passiert, Dorian? Warum kann ich dich so deutlich sehen? Warum kann ich dich anfassen?“

Er setzte sich neben Mary-Lou auf das Klinikbett und lächelte sie an. Wie sie dieses Lächeln liebte. Es war so herzlich, ein bisschen verschmitzt. So hatte er früher immer gelächelt, wenn er eine Überraschung für sie gehabt hatte.

„Weil alles anders ist als sonst, Mary. Hab keine Angst.“

„Ich habe keine Angst“, erwiderte sie. „Du bist ja bei mir.“

Sie sah sich um. Die fremde Umgebung irritierte sie. Da waren so viele Geräte, die flimmerten und leise piepsten. Sie hörte die Geräusche nur sehr gedämpft, wie aus weiter Ferne. Auch der Raum war verschwommen und wirkte eher wie eine schlechte Schwarz-Weiß-Fotografie. Aber Dorian war real, mit seinen grauen Augen und dem dunklen Haar …

„Bin ich tot, Dorian? Sag’s mir ehrlich.“

„Du bist in einer Art Zwischenwelt“, erwiderte er. „Deswegen kannst du mich auch so deutlich sehen.“

„Und was heißt das?“

„Dass wir uns näher sind als sonst.“

Mary-Lou war so glücklich, dass er neben ihr saß. Es war fast wie früher. Dorian. Ihr großer Bruder ... Sie legte ihm die Hand auf den Oberschenkel und spürte deutlich das Gewebe seiner Jeans.
„Werde ich sterben, Dorian?"
„Irgendwann bestimmt."
„Nein, ich meine ... jetzt. Oder sehr bald." Sie sah ihn aufmerksam an und versuchte aus seiner Miene die Antwort zu lesen.
„Da, wo wir momentan sind, spielt Zeit keine Rolle."
Er wich ihr aus. Sie runzelte die Stirn.
„Werde ich ins Leben zurückkehren, Dorian? Unsere Eltern noch einmal sehen und meine Freundinnen?"
„Das kann ich dir nicht beantworten, liebe Schwester. Du bewegst dich an der Grenze, und es ist nicht meine Entscheidung, welche Richtung du einschlägst. Ein bisschen liegt es an dir, an deinem Willen. Aber der Rest ist dann Schicksal."
Sie versuchte sich zu erinnern, was passiert war und wer sie ins Krankenhaus eingeliefert hatte, aber in ihrem Gedächtnis klaffte ein Loch.
„Was ist geschehen, Dorian?"
„Du hattest einen Unfall."
Sie dachte nach, aber immer noch kamen keine Bilder.
„Du warst mit Stefan zusammen. Du hast hinter ihm auf seiner Honda gesessen, als er die Kontrolle über seine Maschine verloren hat."
Stefan. In ihrem Bauch breitete sich ein warmes Gefühl aus. Sie erinnerte sich noch daran, wie sie im Kino neben-

einandergesessen hatten. Und danach hatte er ihre Hand genommen, wie selbstverständlich. Sie hatte sich hinter ihm auf die Maschine gesetzt und ihre Arme um seinen Leib geschlungen. Seine schwarze Lederjacke … Die Fahrt durch den Wald. Und dann – nichts mehr …

„Ist er … ist er auch verletzt?"

„Nur ein paar Kratzer, nichts Schlimmes. Aber er ärgert sich über sein kaputtes Motorrad und macht sich Sorgen, dass unsere Eltern ihn anzeigen, weil er ja den Unfall verursacht hat."

Das war nicht die Antwort, die Mary-Lou erwartet hatte. Bedrückt sah sie zu Boden. Sie hätte gern gewusst, ob Stefan sich auch ihretwegen sorgte. Sie konnte sich nicht vorstellen, dass es ihm egal war, wie es ihr ging.

„Du weißt, ich kann die Menschen nur beobachten, nicht ihre Gedanken lesen", sagte Dorian. „Höchstens ab und zu bei dir, aber das klappt nur, weil wir uns so gut kennen."

Mary-Lou bemühte sich um ein Lächeln.

„Ich habe mich sowieso gewundert, dass du auf dem Soziussitz einer Honda mitfährst, obwohl du früher immer erklärt hast, dass du dich niemals freiwillig auf ein Motorrad setzen würdest", fuhr Dorian fort. „Was ich auch gut fand."

„Daran kann ich mich gar nicht erinnern." Sie schüttelte leicht den Kopf.

„Ich aber umso besser." Er lächelte. „Würde ich noch zu Hause wohnen, hätte ich es dir nicht erlaubt."

Sie schnappte nach Luft. „Du hast mir gar nichts vorzuschreiben. Außerdem … außerdem kann man ja seine

Meinung ändern, oder? Ich habe keine Angst vor Motorrädern."

„Au Mann, es hat dich echt schlimm erwischt. Dieser Stefan hat dir wirklich den Kopf verdreht."

„Und wenn?" Sie sah ihn an.

„Wenn sich meine Schwester verliebt, möchte ich einfach sicher sein, dass der Typ diese Gefühle erwidert. Ich will nicht, dass du unglücklich wirst." Dorian warf mit einer Kopfbewegung sein Haar zurück – genau, wie er es früher immer gemacht hatte.

„Na ja … Ich habe keine Ahnung, ob er meine Gefühle erwidert", gab Mary-Lou zu. „Es war ein Versuch. Vielleicht hätte ich ihn nicht ansprechen sollen. Aber Vic und Stella haben mir so zugeredet. Vic hat gesagt, ich müsse sein Leben retten … " Sie erzählte Dorian von Vics seltsamem Zeitsprung und wie verunsichert sie und ihre Freundinnen sich fühlten, weil sie alle plötzlich ungewöhnliche Fähigkeiten an sich entdeckten.

„Kann das Zufall sein, Dorian?"

Er blickte sie lange und ernst an. „Ganz sicher bin ich nicht. Komm mit, ich möchte dir etwas zeigen."

Er stand auf, nahm ihre Hand und zog sie hoch. Sie blickte auf das Bett zurück und auf die Apparaturen.

„Darf ich denn so einfach von hier weg?"

„Du darfst überall hingehen, niemand verbietet dir etwas. Konzentriere dich auf einen Ort, an dem du sein möchtest, und dein Geist wird dir helfen, dorthin zu gelangen."

„Und man wird mich im Krankenhaus nicht vermissen?", vergewisserte sich Mary-Lou flüsternd.

„Du kannst ruhig laut sprechen, sie können uns weder hören noch sehen", erklärte Dorian.

„Dann bin ich ... jetzt so wie du?"

„Nicht ganz. Ich bin tot. Du bist aber noch mit deinem Körper verbunden."

Sie war sich da nicht so sicher, aber wenn Dorian es sagte, würde es wohl stimmen. Schließlich kannte er sich in dieser Zwischenwelt besser aus als sie.

„Was hast du vor?", fragte Mary-Lou jetzt ihren Bruder. Er sah nachdenklich aus.

„Ich habe dir ja von den *Watchers* erzählt", sagte Dorian. „Deswegen möchte ich dich an einen bestimmten Ort bringen und dir etwas zeigen."

„Und wo ist das?"

„Die Klinik ELDORADO, ungefähr 20 Kilometer von hier."

„Und wie kommen wir hin?"

Er stand neben ihr und lächelte sie an. „Das habe ich dir eben versucht zu erklären, als ich von Gedankenkraft sprach. Der Vorteil unseres Zustands ist, dass es keine Grenzen gibt und dass die physikalischen Gesetze nicht für uns gelten. Du musst dich nur konzentrieren und mir vertrauen. Gib mir deine Hand."

Mary-Lou gehorchte. Sie spürte seine Hand warm in ihrer.

„Komm!", raunte er neben ihr, und im nächsten Moment verschwamm alles vor ihren Augen.

Als die Sicht wieder klarer wurde, standen sie vor einer fremden Klinik. Es war Nacht, nur ein Teil der Fenster war erleuchtet.

„Was ist das für ein Krankenhaus?", fragte Mary-Lou.

„Keine normale Klinik", antwortete Dorian. „Hier suchen Paare Rat, wenn es mit dem Kinderkriegen nicht klappen will. Auch unsere Eltern haben Hilfe in Anspruch genommen."

Mary-Lou runzelte die Stirn. „Wie meinst du das, Dorian?"

„Bei mir hatten unsere Eltern offenbar noch keine Probleme, aber dann wollten sie ein zweites Kind, und es klappte einfach nicht", erklärte Dorian. „Ich war damals ja noch klein und verstand nicht viel, aber Mama hat oft geweint, und ich kann mich daran erinnern, dass wir einmal Würfelzucker für den Klapperstorch auf die Fensterbank gelegt haben. Damals war ich vielleicht vier oder fünf. Und ich wünschte mir so sehr ein Geschwisterchen."

Mary-Lou musste lächeln. Sie stellte sich ihren Bruder als kleinen tapsigen Jungen vor, der mit großen Augen auf den Klapperstorch wartete.

„Später müssen unsere Eltern dann diese Klinik aufgesucht haben. Seitdem ich weiß, dass die *Watchers* dich im Visier haben, bin ich oft hier gewesen. Die Ärzte haben Helfer, die die Entwicklung bestimmter Kinder beobachten und dokumentieren. Diese *Watchers* sind zum größten Teil freie Mitarbeiter, die undercover arbeiten. Ich habe Ärzte und Patienten beobachtet und Gespräche belauscht. Hier wird Unmögliches möglich gemacht. Die Grenzen der Medizin ausgeschöpft. Und man geht auch weiter ..."

„Was willst du damit sagen?"

„Es werden Experimente gemacht. Natürlich ohne Wissen der Patienten. Heimlich."

„Aber das ist doch illegal!“ Mary-Lou sah ihren Bruder erschrocken an.
„Na und? Wo kein Kläger ist, da gibt es auch keinen Richter“, antwortete Dorian. „Und man geht geschickt vor. Hält zusammen. Vertuscht, wenn etwas schiefgegangen ist. Und es gibt zwei Arten von Aufzeichnungen: Die offiziellen, die sauber und unangreifbar sind – und dann die anderen, die *Reports*.“
„Das kann ich kaum glauben!“ Mary-Lou war fassungslos über das, was sie gerade hörte. Aber sie wusste, dass Dorian die Wahrheit sagte. Warum sollte er sie belügen?
„Es ist ungeheuerlich …“, bestätigte Dorian. „Besonders, weil du darin verstrickt bist. Bevor es zur In-vitro-Fertilisation gekommen ist, hat man die Gene der Samenzelle manipuliert. Unserer Mutter wurden drei reife Eizellen entnommen. Die beiden ersten Versuche schlugen fehl. Die befruchteten Eizellen teilten sich nicht. Erst der dritte Versuch klappte und die Eizelle konnte in die Gebärmutter eingepflanzt werden. Die Schwangerschaft wurde sorgfältig überwacht.“
„Woher weißt du das alles?“
„Ich habe Teile des *Reports* über dich am Bildschirm lesen können. Die Datei war verschlüsselt, nicht öffentlich zugänglich. Es wurde ein spezielles Programm dafür verwendet, *Crystal Reports*. Sagt dir der Name etwas?“
Mary-Lou nickte heftig. „Ja, klar. Ein sehr altes Windows-Programm, es entstand schon in den Achtzigerjahren und wird immer noch weiterentwickelt.“
„Du kennst dich ja aus!“ Dorian grinste.

„Klar. Was Computer angeht, macht mir so schnell keiner was vor.“ Mary-Lous Jagdfieber erwachte. „Sind diese *Reports* denn auf den Klinik-Computern?“

„Ja, zumindest teilweise. Nur leider sind wir nicht in der Lage, eine Tastatur und eine Maus zu bedienen. Das erschwert die Sache natürlich.“

„Fuck!“, entfuhr es Mary-Lou. „Und wie konntest du dann den *Report* über mich lesen?“

„Ich stand hinter dem Arzt, der sich allein im Zimmer glaubte, und las mit.“

„Dann lass uns hineingehen. Vielleicht haben wir ja Glück und jemand bedient für uns den Computer.“ Mary-Lou brannte vor Neugier. „Oder wir finden eine andere Möglichkeit, wie wir an die *Reports* rankommen.“

Dorian fasste wieder ihre Hand.

Einen Moment später befanden sie sich im zweiten Stock. Dort brannte Licht und eine Patientin wurde gerade für einen medizinischen Eingriff vorbereitet. Die Augen der Frau glänzten voller Hoffnung. Mary-Lou hätte gern gewusst, was mit ihr passierte, aber dann erinnerte sie sich daran, dass sie aus einem anderen Grund gekommen waren. Sie streiften durch die Klinikräume, bis sie in den Labors angekommen waren, die sich im Souterrain befanden.

Hier waren die meisten Räume dunkel, nur in zwei davon brannte Licht. Ein Arzt hantierte mit Mundschutz, grüner Schutzhaube und Latexhandschuhen an einer kompliziert aussehenden Apparatur. Auf seiner Stirn hatten sich Schweißperlen gebildet, dabei war der Raum klimatisiert. Der Arzt arbeitete mit höchster Konzentration. Ein Timer klingelte. Darauf öffnete der Arzt eine Art Backofen und zog ein Tablett mit verschiedenen Zellkulturen heraus.

Mary-Lou beobachtete ihn voller Anspannung.

„Hier entstehen neue Menschen", sagte Dorian leise. Er hatte seine Stimme automatisch gedämpft, obwohl der Arzt ihn nicht hören konnte. „Er überwacht, ob sich die befruchteten Eizellen teilen, und wenn es so weit ist, werden der Patientin ein oder mehrere Embryonen eingepflanzt. Die übrig gebliebenen Embryonen werden eingefroren und eventuell später verwendet, falls bei der Schwangerschaft etwas schiefgeht."

„Wird ... jeder Embryo manipuliert?", fragte Mary-Lou.

„Ich glaube nicht", antwortete Dorian. „Nur von Zeit zu Zeit scheint es bestimmte Versuchsreihen zu geben."

„Und ich war ... ich bin ein Teil einer solchen Reihe", sagte Mary-Lou. Sie hatte einen Knoten im Magen und ihr war leicht übel.

„Ja", antwortete Dorian knapp.

Mary-Lou überlegte. „Wie war es eigentlich bei unserem jüngeren Bruder? Ist Mama da wieder nicht schwanger geworden und man hat nachhelfen müssen?"

Dorian lachte leise. „Adrian war eigentlich gar nicht geplant ..."

„Ach so." Mary-Lou war verunsichert. Die Vorstellung, Teil eines Experiments zu sein, war beklemmend. Ob diese Tatsache irgendetwas damit zu tun hatte, dass sie *Geister sehen* konnte? Und die Vorstellung, dass sie von irgendwelchen fremden Menschen überwacht wurde, behagte ihr gar nicht. Ihren *Report* hätte sie zu gern gelesen.

„Wo sind die Computer?“, fragte Mary-Lou neugierig, fühlte sich aber gleichzeit verunsichert.

„Im Nebenraum steht einer.“ Dorian ging voraus, Mary-Lou folgte ihm mit einem leicht beklommenen Gefühl. Sie betraten ein dunkles Zimmer. Nur wenige kleine Lichter leuchteten am Computer und den angeschlossenen Geräten.

„Läuft auf Standby“, stellte Mary-Lou fest. Automatisch versuchte sie, die Tastatur zu bedienen, aber ihre Finger hatten keinen Erfolg. Auch die Maus ließ sich nicht bewegen.

„Mist!“

„Ich hab’s dir ja gesagt“, meinte Dorian.

„Aber irgendwie muss es doch gehen.“ Mary-Lou überlegte fieberhaft. „Der Computer würde sich einschalten, sobald sich die Maus nur eine Winzigkeit bewegt. Kannst du nicht den Tisch ruckeln lassen?“

„Ich bin kein Poltergeist.“ Dorian lachte.

„Aber du kannst Wind erzeugen“, sagte Mary-Lou und erinnerte sich an die Szene in Victorias Garten. „Am Pool hast du die Kerzen erlöschen lassen.“

„Ein bisschen kann ich mit den Elementen spielen, das stimmt.“

„Dann versuch es! Mach so viel Wind, dass sich die Maus bewegt! Ein kleines Stück genügt!“

Dorian zog die Augenbrauen zusammen und konzentrierte sich. Der plötzliche Luftzug wehte einige Papiere vom Tisch. Die Maus rührte sich nicht.

„Mehr!“, verlangte Mary-Lou.

Dorian unternahm einen zweiten Versuch. Diesmal bewegte sich die Maus ein wenig – und der Computermonitor wurde hell.

„Bingo!“, sagte Mary-Lou. Aber ihre Freude wurde sofort gedämpft, denn auf dem Bildschirm erschien ein Feld, in das man ein Passwort eingeben musste.

Mary-Lou fluchte. „Wenn ich nur meine Finger verwenden könnte.“ Noch besser wäre es, sie hätte ihren speziellen Stick dabei, mit dem sich die meisten Passwörter knacken ließen. Doch der lag zu Hause in ihrer Nachttischschublade, in einem kleinen Kulturbeutel versteckt.

Mary-Lou starrte auf den Bildschirm. Es machte sie verrückt, dass sie das Passwort im Moment nicht knacken konnte und daher nicht an die Inhalte der Dateien herankam. Warum besaß sie nicht Stellas Fähigkeit, die Menschen zu manipulieren? Dann hätte sie den Arzt im Nebenzimmer dazu bringen können, sich an den Computer zu setzen. Da fiel ihr etwas ein.

„Kannst du nicht auch die Elektronik ein wenig stören? Damals am Pool ist der CD-Player ausgefallen …“

„Ja.“ Dorian nickte. „Ich vermute, das hängt mit der Veränderung der elektromagnetischen Felder zusammen. Die kann ich beeinflussen.“

„Dann stör doch bitte mal diesen Computer!“

Dorian seufzte. „Wenn du meinst, dass uns das weiterbringt …“ Er trat näher an den Computer und breitete die Arme aus. Die Luft begann zu knistern. Der Monitor flackerte, wurde dunkel, dann wieder hell. Wenig später fing der Computer an, laut zu piepsen.

Dorian warf seiner Schwester einen unsicheren Blick zu. „Festplatten-Crash?“

„Der Alarm kann viele Gründe haben“, sagte Mary-Lou. „Aber du hast recht, es klingt nicht gut.“

Trotz des akustischen Signals dauerte es noch mindestens fünf Minuten, bis jemand kam. Es war der Arzt aus dem Nebenraum. Er hatte seine Haube, den Mundschutz und die Handschuhe abgelegt und eilte mit besorgter Miene an den Computer. Der Bildschirm leuchtete inzwischen wieder konstant, doch als der Arzt das Passwort eingeben wollte, tat sich nichts. Die Verbindung zwischen Tastatur und Computer schien unterbrochen zu sein.

Der Arzt stöhnte, betätigte mit der Spitze eines Kugelschreibers die Reset-Funktion und startete den Computer neu. Als das Gerät hochfuhr, kamen aus dem Lautsprecher einige merkwürdige Töne. Auf dem Bildschirm erschienen lange Zeilen, die aus einer Ansammlung von Buchstaben, Zahlen und Symbolen bestanden.

Der Arzt fluchte. Dann stand er auf und zog den Netzstecker. Der Bildschirm wurde dunkel und das nervtötende Piepsen erstarb. Der Arzt sah auf die Uhr, verließ den Raum und telefonierte im Nebenraum mit seinem Handy. Nach einigen Minuten kam er zurück, stöpselte den Netzstecker wieder ein und startete den Computer erneut. Diesmal fuhr das Gerät hoch, ohne seltsame Laute von sich zu geben. Es ertönte das normale Signal und auf dem

Bildschirm erschien das Windows-Symbol. Wenig später kam die Startseite mit dem Feld, das den Benutzer zur Eingabe des Passwortes aufforderte.

Mary-Lou schaute gespannt zu, während der Arzt den Zugangscode eingab. Sie grinste, als sie das Passwort im Kopf zusammensetzte.

20KlapperStorch12

Das Wort konnte man sich leicht merken. Mary-Lou stellte sich vor, wie sie sich von ihrem Computer zu Hause in das System der Klinik einhacken und die Dateien durchstöbern würde. Doch das würde nur funktionieren, wenn sie ins Leben zurückkehrte und aus dem Koma erwachte. Zu Mary-Lous Enttäuschung rief der Arzt jedoch nicht das Programm *Crystal Reports* auf, sondern ließ mehrere Fenster auf dem Bildschirm erscheinen. Webcams überwachten die einzelnen Klinikräume. Auf den meisten Bildschirmen ließ sich kaum etwas erkennen, weil sie zu dunkel waren. Einer war hell erleuchtet und zeigte ein Operationsteam bei der Arbeit. Mary-Lou hatte keine Ahnung, was mit der Patientin gerade geschah – ob man ihr eine Eizelle entnahm oder ihr etwas in die Gebärmutter einpflanzte. Außer den grünen Tüchern war wenig zu sehen.

„Alles wird kontrolliert", murmelte Dorian. „Mich würde interessieren, ob jeder diese Aufzeichnungen sehen kann oder ob nur bestimmte Ärzte es können."

„Sicher dürfen es nur einige wenige sehen", sagte Mary-Lou wie aus der Pistole geschossen. „Man kann einzelnen Computerbenutzern gewisse Zugriffsrechte zuteilen.

Manche haben Zugriff auf alles, wie beispielsweise der Administrator."

„Dann ist dieser Typ vor uns wohl ein ziemlich hohes Tier", meinte Dorian.

„Scheint so", antwortete Mary-Lou. „Ich wünschte mir, ich könnte ihn dazu bringen, *Crystal Reports* aufzurufen. Aber leider bin ich nicht Stella."

Der Arzt klickte sich jetzt durch weitere Webcam-Fenster. Offenbar war er mit dem Ergebnis zufrieden, denn er schloss das Programm und ließ seine Hand auf der Maus ruhen.

„Ruf *Crystal Reports* auf", flüsterte Mary-Lou und ballte vor Konzentration die Hände zu Fäusten.

„Er kann dich nicht hören", sagte Dorian.

„Ich weiß." Sie seufzte. Die Hand auf der Maus bewegte sich. Mary-Lou stieß einen enttäuschten Laut aus, als der Arzt den Computer herunterfuhr und ausschaltete. Dann verließ er den Raum, zog seinen weißen Kittel aus und warf ihn in einen Behälter für Schmutzwäsche. Dorian und Mary-Lou waren ihm gefolgt.

„Mist, er geht nach Hause", zischte Mary-Lou.

„Na ja, es ist schließlich schon nach Mitternacht", sagte Dorian.

„Wir sind ganz umsonst hergekommen." Mary Lou konnte ihre Enttäuschung kaum verbergen. „Wir sind keinen Schritt weiter!"

„Willst du in die Klinik zurück?", fragte Dorian.

Mary-Lou überlegte. „In unserem Zustand können wir überallhin? In jedes Haus?"

„Ja."
„Dann will ich zu Stefan. Ich will sehen, wo er wohnt. Wie es in seinem Zimmer aussieht ..."
Dorian grinste. „Du willst ihm beim Schlafen zusehen. Gib es zu!"
„Na und?!", sagte Mary-Lou trotzig.
„Dann komm!" Dorian griff lächelnd nach ihrer Hand.

Severin Skallbrax

Stella stand unschlüssig vor dem Gartentor und wusste nicht, ob sie auf den Klingelknopf drücken sollte oder nicht. Inzwischen kam es ihr ziemlich tollkühn vor, was sie vorhatte. Noch vorhin hatte alles ganz easy ausgesehen. Doch die Villa hinter dem Gartenzaun schüchterte Stella ein. Severin Skallbrax musste stinkreich sein, wenn er sich so ein Zuhause leisten konnte. Verdiente man als Klinikarzt so viel? Wieder streckte Stella den Zeigefinger aus und zog ihn zurück. Sie ärgerte sich über sich selbst. Sonst war sie doch auch nicht schüchtern!

„Reiß dich zusammen!", befahl sie sich. Dann drückte sie auf die Klingel.

Wenig später knackte es in dem kleinen Lautsprecher.

„Wer ist da?", fragte eine männliche Stimme.

„Stella Solling hier", antwortete Stella. „Wir haben uns gestern im neuen Einkaufszentrum getroffen. Sie haben uns Ihre Visitenkarte gegeben. Ich habe da ein paar Fragen, es geht um meine Freundin …"

„Okay. Kommen Sie rein."

Der Türöffner summte. Stella drückte das schmiedeeiserne Gartentor auf. Ein breiter Kiesweg, links und rechts gesäumt von Rosensträuchern, führte zum Eingang der

Villa. Der parkähnliche Garten war sehr gepflegt; sicher beschäftigte Skallbrax einen Gärtner. Stella sah auch einen Teich, in dem Fische schwammen – Kois.

Noch bevor Stella den Eingang erreichte, wurde die Tür geöffnet. Skallbrax stand in der Tür, ganz in Schwarz gekleidet, was ihm sehr gut stand. Stella registrierte die Muskeln unter seinem T-Shirt.

Skallbrax lächelte sie freundlich an.

„Hallo! Ich habe nicht damit gerechnet, dass wir uns so schnell wiedersehen." Er streckte ihr zur Begrüßung seine Hand entgegen. Als Stella sie ergriff, spürte sie einen leichten elektrischen Schlag. Irritiert blickte sie ihn an – und war fasziniert von seinen leuchtend blauen Augen, die sie anstrahlten. Sie ließen sein Gesicht ungemein jugendlich aussehen.

„Ich hoffe, ich störe Sie nicht", murmelte Stella.

„Aber nein, Sie stören überhaupt nicht", sagte er sofort. „Treten Sie doch ein. Wie geht es denn Ihrer Freundin? Hat sie sich von ihrem kleinen Schwächeanfall erholt?"

„Ja, es geht Victoria wieder einigermaßen." Stella betrat den Flur. Marmorböden, an den Wänden moderne Grafiken, wahrscheinlich alles Originale. Eine Alarmanlage gab es auch, sie sah den kleinen Kasten. Und auch den Bildschirm. Das Gartentor war also videoüberwacht, warum hatte sie die Kamera nicht bemerkt?

Der Flur führte geradeaus in ein riesiges Wohnzimmer. Es gab keine Türen, alles war offen und licht. Die dem Garten zugewandte Seite des Wohnzimmers bestand fast ausschließlich aus Glas. Das Zimmer war nur spärlich, dafür sehr geschmackvoll möbliert. Ein riesiger Flachfernseher, eine bequem aussehende weiße Ledercouch mit einem gläsernen Tischchen, auf dem ein Bildband über Cornwall lag, eine Stereoanlage und ein Liegesessel, der zum Lesen oder Musikhören einlud. An der Wand eine riesige Grafik, die eine stilisierte Landschaft zeigte; an der anderen ein weißes Regalsystem mit einigen Büchern und einem Barfach. Alles war sehr ordentlich und aufgeräumt.

„Möchten Sie etwas trinken?"

„Oh ja, das wäre nett."

„Wasser oder O-Saft?"

„Ein Wasser, bitte."

„Gern. Aber setzen Sie sich doch." Er deutete auf die Couch. „Ich bin gleich wieder da."

Er verschwand aus dem Wohnzimmer. Stella nahm Platz und versank tief in den Polstern. Eine Siamkatze, die sie zuvor nicht wahrgenommen hatte, schlich lautlos über das Parkett, blieb vor der Couch stehen und blickte Stella prüfend an. Sie hatte die gleichen blauen Augen wie ihr Herrchen.

„Na, wer bist du denn?" Stella beugte sich vor, um das Tier zu streicheln.

„Sie heißt Semiramis." Skallbrax kam zurück, in den Händen zwei hohe Gläser, die mit einer Zitronenscheibe garniert waren. „Wie die Königin von Saba. Eine stolze Schönheit, die genau weiß, was sie will. Zum Beispiel immer im Mittelpunkt stehen."

Stella lachte. „Ich mag Katzen."

Er gab ihr ein Glas und setzte sich neben sie auf die

Couch. „Was führt Sie zu mir? Sie sagten, es geht um Ihre Freundin?“

Stella kam ohne Umschweife zur Sache. „Indirekt, ja. Sie arbeiten doch für die Klinik ELDORADO …“

„Oh, Sie haben im Internet recherchiert.“ Er lächelte sie an und nippte an seinem Glas. Er trug eine leichte schwarze Leinenhose, dazu schwarze teure Ledersandalen. Keine Socken. Seine Füße sahen gepflegt aus. Stella registrierte, dass er am linken Fuß sechs Zehen hatte.

„Meine Eltern waren vor sechzehn Jahren in der Klinik, damit meine Mutter schwanger werden konnte. Und genauso war es bei Vic. Sie und ich, wir beide sind Retortenkinder.“

„Das sind heutzutage mehr Menschen, als man denkt“, antwortete Skallbrax. „Ich finde es gut, dass man Paaren mit unerfülltem Kinderwunsch helfen kann. Früher mussten sie sich mit ihrem Schicksal abfinden.“

Stella sah ihn direkt an. „Ich darf ohne Umschweife fragen, oder?“ Sie wartete Skallbrax’ Antwort gar nicht ab und fuhr fort: „Was wissen Sie über Experimente, die vor sechzehn Jahren in Ihrer Klinik an Embryonen durchgeführt wurden?“

Die Frage überraschte ihn. Seine Wangen färbten sich leicht rosa. Einen Moment lang flackerte sein Blick, dann hatte er sich wieder unter Kontrolle.

„Wie kommen Sie auf so eine Frage?“

Es war ein rhetorischer Trick, eine unangenehme Frage mit einer Gegenfrage zu beantworten. Stella strich ihre blonden Locken nach hinten. Sie würde sich nicht beirren lassen. Sie wollte jetzt endlich wissen, was mit ihnen los war. Die Veränderungen in ihrem Leben hatten ihnen schon genügend Kopfzerbrechen bereitet.

„Es ist unglaublich wichtig für mich. Bitte, was ist vor sechzehn Jahren passiert? Wir vermuten, dass unser Erbgut manipuliert wurde, sind uns aber nicht sicher und können nichts belegen. Was wir spüren, ist, dass wir anders sind ..."

Skallbrax stand auf und wandte ihr den Rücken zu. Stella war überzeugt, er werde alles abstreiten, doch da drehte er sich unvermittelt um.

„Dann ist es jetzt also so weit. Meinen herzlichen Glückwunsch an Sie und Ihre Freundin."

Stella runzelte die Stirn. In diesem Moment sprang Semiramis auf ihren Schoß und Stella verschüttete einen Teil ihres Wassers. „Oh, sorry, dafür kann ich jetzt aber wirklich nichts ..."

Skallbrax schien die kleine Pfütze auf dem Boden nicht zu beachten.

„Ich wusste, dass es gelingen wird, denn vor sechzehn Jahren erhielt ich Besuch von einem jungen Mädchen. Es war Victoria oder Vic, wie du sie nennst." Unvermittelt war er vom „Sie" zum „Du" übergegangen. „Ich brauchte eine Weile, bis ich begriffen hatte, dass sie aus der Zukunft gekommen war. Diese Erkenntnis war für mich erschreckend und beglückend zugleich. Erschreckend, weil ich nicht damit gerechnet hatte. Beglückend, weil mir klar wurde, dass unser Experiment funktioniert hatte."

Stella war wie erschlagen von dieser Antwort.

„Wie bitte?", hauchte sie fassungslos, während in ihrem Kopf eines der Monster aus ihren Splatterromanen auftauchte. „Sie sprechen tatsächlich von einem Experiment, bei dem Vic beteiligt war?"

„Das ist nicht so schrecklich, wie es sich anhört", meinte Skallbrax. „Das Ziel dabei war, einem Menschen neue, ungewöhnliche Fähigkeiten zu verleihen."

Stella hatte ein pelziges Gefühl im Mund und sprang auf. „Und was ist dann mit mir? Wenn Sie von Fähigkeiten der ganz besonderen Art sprechen, dann ..."

Skallbrax sah sie aufmerksam an. „Was ... was willst du damit sagen?"

Stella lächelte nur, ohne zu antworten. So weit wollte sie dann doch nicht gehen und verraten, dass sie Menschen manipulieren konnte.

Skallbrax wurde sichtlich nervöser. „Welche Veränderung hast du an dir festgestellt?"

Plötzlich fühlte Stella sich schrecklich erschöpft. Der Wunsch, das Haus zu verlassen, gewann Überhand, und wie ferngesteuert wandte sie sich dem Flur Richtung Haustür zu.

„Halt, halt, so geht das nicht." Skallbrax lief ihr nach und hielt sie am Arm fest. „Ich kann dich jetzt nicht einfach gehen lassen ..."

Stella starrte auf seine Hand, die ihren Oberarm umklammerte. „Lassen Sie mich sofort los", sagte sie. „Ich habe Ihnen nicht erlaubt, mich anzufassen."

„Entschuldigung." Er zog seine Hand zurück. „Bitte bleib! Ich werde auch deine Fragen beantworten."

Stella drehte sich zögernd um, dann ging sie ins Wohnzimmer zurück. Zu ihrer Verwunderung war die Wasserpfütze auf dem Parkett verschwunden und ihr halb volles Glas stand auf dem Couchtisch, so als hätte sie nie etwas verschüttet.

Stella zwang sich, jetzt nicht darüber nachzudenken.

„Setz dich bitte wieder."

Gehorsam wie eine Marionette nahm sie Platz. Skallbrax setzte sich neben sie.

„Ich will ganz offen sein. Auch bei dir und eurer Freundin Marie-Luise haben wir das gleiche Experiment durchgeführt wie bei Victoria. Die besonderen Fähigkeiten, von denen ich bereits sprach, sind nicht von Anfang da, sondern erst im Prozess des Erwachsenwerdens langsam erkennbar. Das ist so ungefähr um das sechzehnte Lebensjahr. Aus diesem Grund gibt es Wissenschaftler, die euch beobachten. Wir wollen nur wissen, ob unser Experiment geglückt ist, das ist alles."

„Die *Watchers* – Mary-Lou hat davon erzählt", sagte Stella leise. Sie starrte vor sich hin, ihr Hirn war plötzlich wie leer gefegt.

„Vic, Mary-Lou und ich ... und Sie, was ist Ihre Rolle bei der ganzen Geschichte?", fragte Stella, nachdem sie sich wieder etwas erholt hatte.

„Ich bin nur Ausführender und muss mich gegenüber meinen Vorgesetzten verantworten. Aber ich habe Leute, die mir zuarbeiten."

Stella war überrascht, dass sie tatsächlich Auskunft bekam. Unwillkürlich starrte sie auf den Boden, wo zuvor die Wasserlache gewesen war. Ob die Katze die Pfütze aufgeleckt hatte?

Skallbrax folgte Stellas Blick, ohne eine Erklärung abzugeben. „Willst du mir nicht verraten, was dir in letzter Zeit aufgefallen ist? Welche besondere Fähigkeit hat dein Leben verändert?"

Stella starrte in Skallbrax' strahlend blaue Augen, und wie automatisch kam aus ihrem Mund, was sie kurz vorher noch für sich hatte behalten wollen. „Ich kann andere Menschen beeinflussen. Wenn ich mich konzentriere, machen sie, was ich will."

Skallbrax nickte. Er hatte die Hände zusammengelegt, sodass seine Finger die Nasenspitze berührten. „Eine nach außen unauffällige, aber sehr wirkungsvolle Begabung. Wie geht es dir damit?"

„Ich weiß es nicht", platzte Stella heraus. „Auf der einen Seite ist es toll, dass ich so etwas kann, auf der anderen Seite irritiert es mich total. Ich weiß nicht, was ich bin!" Sie lachte bitter.

„Und was ist mit Mary-Lou?" Skallbrax blieb ruhig. „Was hat sich bei ihr gezeigt?"

„Mary hatte einen Bruder, der vor sechs Jahren ums Leben gekommen ist. Er ist im Meer ertrunken. Mary hat Kontakt mit ihm, sie kann ihn sehen und sich mit ihm unterhalten."

Skallbrax stieß anerkennend die Luft aus. „Das ist in der Tat wunderbar. *Wilde Magie* überwindet die Grenze zum Totenreich ...", murmelte er wie zu sich selbst.

Neugierig musterte er jetzt Stella.

Eine Gänsehaut kroch über Stellas Rücken. „*Magie*?“ Sie schluckte. „Sind das alles *magische* Fähigkeiten?“

„Nun, es geht ungefähr in diese Richtung.“ Skallbrax stand auf und begann, im Raum auf und ab zu gehen. „Normalerweise braucht man schwarze Magie, um das Totenreich zu kontaktieren ... Das zeigt, dass *wilde Magie* stark und frisch ist. Sie erzeugt neue Kräfte und neue Richtungen.“

Stella beobachtete jede seiner Bewegungen. Er hatte etwas sehr Geschmeidiges an sich.

Plötzlich drehte er sich um. „Nun hast du die Antworten auf mehr Fragen, als du zu Beginn hattest, habe ich recht? Es war ohnehin an der Zeit, Kontakt mit euch aufzunehmen, um zu überprüfen, wie weit das Experiment geglückt ist. Soweit ich das jetzt, nach deinen Erzählungen, beurteilen kann, klingt das alles ganz vielversprechend. Aber einige Tests werden noch nötig sein.“

Stellas Herz schlug schneller. „Und was heißt das? Sind wir menschliche Versuchstiere für ein paar exzentrische Wissenschaftler?“

„Keine Sorge, Stella, in eurem Alltag wird sich wenig ändern“, meinte Skallbrax in beruhigendem Tonfall. „Ihr lebt weiter wie bisher, führt euer eigenes Leben. Ab und zu werdet ihr einen von uns treffen und ein paar Fragen beantworten. Das ist alles. Der Aufwand wird sich wirklich in Grenzen halten.“

Stella entspannte sich etwas. Das klang ja nicht so dramatisch ... Dann fiel ihr etwas ein.

„Und was ist mit Mary-Lou? Sie liegt im Koma. Vielleicht stirbt sie. Oder sie wird nie wieder richtig wach.“

„Das mit deiner Freundin tut mir sehr leid", sagte Skallbrax.

„Können ... können Sie oder Ihre Leute ihr nicht helfen?" Stella musste wieder an die verschwundene Wasserlache denken. Was war das gewesen – ein Taschenspielertrick oder Zauberei? Oder doch nur die Katze? „Sie ... Sie können doch mehr als normale Menschen. Und Sie sind Arzt." Sie sah ihn gespannt an.

„Du denkst also, ich bin ein Wunderheiler?"

„Ich weiß nicht, was ich über Sie denken soll. Nur, dass Sie anders sind."

„Ich glaube, dieses Gespräch hat dir mehr Neuigkeiten gebracht, als du im Augenblick verarbeiten kannst. Mehr möchte ich jetzt nicht mehr dazu sagen."

Stellas Geduld war zu Ende. Hier ging es um Leben und Tod und er speiste sie mit dieser Ausrede ab? Sie sprang voller Empörung vom Sofa auf, jetzt würde sie wirklich gehen. „Und meine Freundin ist Ihnen egal? Ist das die Verlustquote, die Sie bei Ihren Experimenten einkalkulieren?" Sie schäumte vor Wut.

„Was erwartest du von mir?", entgegnete er ruhig.

„Ich will, dass Sie Mary-Lou helfen, wenn Sie das können!" Sie starrte ihn wütend an. „Sie verdient, dass sie lebt und wieder ganz gesund wird – und wenn es in Ihrer Macht steht, sie zu heilen, dann ist es Ihre gottverdammte Pflicht!"

„Gott lassen wir doch bitte außen vor." Seine Mundwinkel zuckten.

„Wieso? Stehen Sie auf der anderen Seite?" Stella fixierte

seine blauen Augen. *Pack aus! Pack endlich aus!* Sie hatte keine große Hoffnung, dass ihre Fähigkeit auch bei ihm funktionierte, aber einen Versuch war es zumindest wert. „Wer sind Sie? Ein moderner Doktor Faust?"

Severin Skallbrax fasste sich mit beiden Händen kurz an die Schläfen. Dann spürte Stella, wie ihre eigene Kraft auf sie zurückgeworfen wurde. Sie fühlte den Energiestoß auf ihrem Gesicht. Er lachte.

„Oh, ich weiß, dass ich nicht mit Ihnen mithalten kann", fauchte Stella.

„Aber du warst gar nicht schlecht." Er lächelte. „In dir steckt großes Potenzial. Es kommt auf die Ausbildung deiner Kräfte an."

Stella schnappte nach Luft. „Was soll das heißen?"

„Ich könnte dich anleiten, deine Kräfte richtig zu nutzen."

„Heißt das – Sie wollen mein Lehrer sein?"

„So in der Art. Ja."

Stella stieß die Luft aus. Sie wusste nicht, was sie antworten sollte. Das war alles ein bisschen viel auf einmal. Die Gegenwart dieses charismatischen Mannes. Seine rätselhaften Bemerkungen. Das Unbekannte, das hinter all den Andeutungen lauerte.

„Ich … ich brauche Bedenkzeit."

„Du musst dich nicht sofort entscheiden. – Möchtest du noch etwas zu trinken? Etwas anderes als Wasser? Einen Prosecco vielleicht?"

Stella nickte automatisch und ließ sich wieder auf die Couch fallen. Ihre Energie war verpufft. Sie fühlte sich mit einem Mal ausgehöhlt und leer. Wollte sie nicht gehen?

Semiramis sprang auf ihren Schoß und machte es sich dort gemütlich. Als Stella sie streichelte, fing sie an zu schnurren. Das Geräusch wirkte beruhigend. Stella versuchte, sich zu entspannen und Klarheit in ihre Gedanken zu bringen.

Skallbrax war ein äußerst attraktiver Mann und wahrscheinlich besaß er ein ungeheures Wissen. Nicht nur, was medizinische Dinge anging. Stella musste sich eingestehen, dass sie gern mehr von ihm wissen wollte. Wer war er in Wirklichkeit und welche Fähigkeiten hatte er? Er war geheimnisvoll und gefährlich … Sollte sie sein Angebot annehmen? Würde er sein Wissen tatsächlich mit ihr teilen und sie ausbilden? Es prickelte in ihrem Bauch vor Aufregung.

Severin Skallbrax kam mit zwei Sektflöten aus der Küche zurück und reichte Stella ein Glas.

„Lass uns anstoßen." Er setzte sich neben sie. „Es ist schön, dass du gekommen bist."

Stella stieß mit ihm an, ohne etwas zu sagen. Der Prosecco war kühl und gut, obwohl ihr der Alkohol sofort zu Kopf stieg.

„Wenn ich … wenn ich Ihre Schülerin werde, helfen Sie dann Mary-Lou?", sprudelte es dann aus ihr heraus.

Er sah sie mit seinen durchdringenden blauen Augen an. Dieser stechende Blick ging ihr durch und durch und verstärkte das Prickeln in ihrem Bauch. Wer war dieser Mann, fragte sich Stella.

„Du würdest wohl alles für deine Freundin tun?"

Sie nickte.

Hinterher wusste Stella kaum, wie sie aus dem Haus gekommen war. Sie fand sich auf dem Fahrrad wieder und strampelte nach Hause. Ihr Kopf fühlte sich leicht und beschwingt an. Hoffentlich merkte ihre Mutter nicht, dass sie Alkohol getrunken hatte! Es war früher Nachmittag, sie war länger als zwei Stunden bei Skallbrax gewesen, dabei hatte sie ursprünglich nur kurz bleiben wollen. Zuletzt hatten sie sich richtig gut unterhalten. Er hatte sie über die Schule ausgefragt, über Victoria und Mary-Lou und über ihre Familie. Stella hatte immer mehr das Gefühl bekommen, dass sie ihm vertrauen konnte. Er gefiel ihr, obwohl er so viel älter war als sie. Sie hatte den Eindruck, dass sie von seinem Wissen profitieren konnte und dass sich für sie ganz neue Perspektiven öffnen würden. Und er hatte versprochen, Mary-Lou zu helfen – das war der größte Triumph!

Sie lächelte. Am Schluss hatten sie sich wie gute Freunde verabschiedet. Sie würden sich wiedersehen und er würde ihr mehr von sich erzählen … Was Vic wohl dazu sagen würde?

Stella fuhr mit dem Fahrrad auf den Gehsteig und fummelte ihr Handy aus der Tasche. Sie hatte das Gerät auf stumm gestellt und sah jetzt, dass ihre Mutter mehrmals angerufen hatte. Stella stöhnte und drückte auf Rückruf.

„Stella, endlich! Wo bist du? Ich warte seit einer Stunde mit dem Mittagessen auf dich! Warum hast du nichts gesagt?"

Stella schnitt eine Grimasse. „Sorry, Mama, aber ich war bei Vic und wir haben uns verquatscht. Es tut mir leid."

„Ich habe extra Lasagne gemacht. Die isst du doch so gern."

Stella spürte überhaupt keinen Hunger. Sie war viel zu aufgeregt, um jetzt einen Bissen runterzukriegen.

„Ich habe die Lasagne in den Backofen gestellt, damit sie warm bleibt. Wann kommst du denn?"

„In zehn Minuten bin ich zu Hause", versprach Stella und beendete das Gespräch. Dann rief sie Vic an.

„Ich hab es getan!"

„Was?", fragte Vic ungeduldig.

„Skallbrax besucht", antwortete Stella. „Dieser Mann ist einfach unglaublich. Ich erzähle dir später alles. Jetzt muss ich nach Hause, meine Mutter macht schon Stress. – Und bei dir, alles klar?"

„Nichts ist klar, ich hab mich mit Ruben gestritten."

Das klang nach einer längeren Geschichte.

„Hör mal, Süße, wir telefonieren nachher über Skype. In einer Stunde, okay?"

„Gut, bis dann", sagte Victoria und legte auf.

Samstag, 18. Mai, 22 Uhr

Wir sind unserem Geheimnis ein Stück näher gekommen, aber noch immer klingt alles unglaublich. Skallbrax ist eine der Schlüsselfiguren, und Stella hofft, von ihm in Zukunft noch mehr Einzelheiten zu erfahren, was unser Schicksal angeht.

Sie hat ihn heute besucht. Offenbar hat er einen großen Eindruck auf sie gemacht. Ich habe Stella auf den Kopf zugesagt, dass sie sich in ihn verknallt hat, aber das hat sie abgestritten.

An ihrer Stelle wäre ich etwas misstrauischer gewesen. Es ist ja möglich, dass er ihr nur an die Wäsche will und sich deswegen so aufplustert. Lehrmeister! Konkretes hat er nicht gesagt, er bietet ihr keinen Ausbildungsvertrag an oder so. Alles ist höchst mysteriös. Auch was Stella von den Watchers erzählt hat. Dass sie Stellas und Mary-Lous Fähigkeiten angeblich noch nicht entdeckt haben, weil ihre Begabungen so unauffällig sind. Nur ich bin mit meiner Zeitreiserei aufgefallen ...
Ob ich wirklich bei Skallbrax in der Vergangenheit war? Nach seinen Aussagen klingt es so. Und das alte Tagebuch erzählt auch davon. S.S. = Severin Skallbrax. Ob er mich auch mit seinem Charme eingewickelt hat, wie er es bei Stella getan hat? Der Typ ist ein Womanizer!
Stella und ich haben gerätselt, was er sein könnte. Ob er von einem anderen Planeten stammt. Was seriöse Wissenschaftler ausschließen, weil die Abstände zwischen den Planeten einfach so riesig sind, sodass Kontaktversuche und gegenseitige Besuche nicht möglich sind. Hm ... ich weiß nicht, was ich glauben soll! Was kann er sonst sein? Ein Mensch mit starken parapsychologischen Fähigkeiten? Ein Magier, ein

Hexenmeister? Nachdem wir quasi magische Fähigkeiten entwickeln, ist das gar nicht so fantastisch, wie es klingt …

Meine Mum hat heute Vormittag ein „Gespräch von Frau zu Frau" mit mir geführt. Sie wollte mir klarmachen, warum sie und Dad damals die Kinderwunschklinik aufgesucht haben. Wie verzweifelt sie waren und wie sehr sie sich ein Kind gewünscht haben … Ich habe nicht viel dazu gesagt. Mum wäre bestimmt schockiert, wenn sie wüsste, dass man in dieser Klinik Experimente macht – was ja inzwischen sicher ist. Wie wird sie reagieren, wenn sie erfährt, dass man meine Gene verändert hat?
Werde ich ihr das überhaupt je sagen können?
Wo sind wir da hineingeraten, Stella, Mary-Lou und ich?
Immer wenn ich an Mary-Lou denke, krampft sich alles in mir zusammen. Ich habe solche Angst, dass sie stirbt. Oder für immer im Koma liegt. Oder dass sie aufwacht und dann nicht mehr so ist wie früher …
Stella hat gesagt, dass Skallbrax ihr helfen will. Wie denn? Mit irgendwelchem Hokuspokus? Ach, in meinem Kopf geht einfach alles durcheinander.

Ich habe heute auch mit Ruben telefoniert. Wenn er mich nicht angelogen hat, dann ist gestern kein Rabe vom Himmel gefallen und Evelyn hat auch nicht Satan beschworen. Die Zukunft scheint offenbar immer ein bisschen anders abzulaufen. Offenbar gibt es da mehrere Möglichkeiten ...

Ich bin gespannt, wann ich das erste Mal in der Vergangenheit lande. Wenn ich meine Fähigkeit nur kontrollieren könnte!
Und ich weiß immer noch nicht, ob ich Marys toten Bruder wirklich gesehen habe oder ob ich mir das Ganze nur eingebildet habe.
Werde mir jetzt noch eine DVD reinziehen, um mich abzulenken. Das Gegrübel bringt mich eh nicht weiter!

Victoria erwachte, weil es donnerte. Sie schaute auf den Wecker. Es war halb vier. Draußen ging gerade ein heftiger Regenguss nieder, es rauschte vor ihrem Fenster. Grelle Blitze erhellten die Dunkelheit.

Vic schlug die Bettdecke zurück und trat ans Fenster. Die kühle Luft, die hereinwehte, tat gut. Sie hatte während des Schlafs geschwitzt und dabei irgendetwas Aufregendes geträumt. An Einzelheiten konnte sie sich nicht erinnern. Sie atmete tief ein und zog die Jalousie ein Stück hoch, um die Arme ins Freie zu strecken. Der Regen benässte ihre Haut, ein angenehmes Gefühl. Es roch auch so gut.

Sie musste daran denken, dass die Menschen früher geglaubt hatten, ein Gewitter sei der Zorn der Götter. Einen Augenblick lang kam sie sich vor wie in einem Fantasyfilm. Was wäre das für eine Welt, wenn es tatsächlich Magie gäbe? Wenn sie selbst eine Hexe wäre? Und wenn die Naturgesetze plötzlich keine Rolle mehr spielen würden, weil sie sie brechen konnte?

Ein besonders greller Blitz blendete sie. Gleich darauf krachte der Donner – so laut, dass Vic zusammenfuhr.

Sie kroch in ihr Bett zurück und zog die Bettdecke bis zum Kinn hoch, während sie zum Fenster starrte und hoffte, dass das Gewitter bald abzog. Ob sie das Fenster nicht besser schließen sollte?

Da nahm sie seitlich am Fenster einen Schatten wahr. Sie blinzelte, doch der Schatten blieb. Vic setzte sich langsam auf. Es waren die verschwommenen Umrisse einer menschlichen Gestalt. Vics Gefühle schwankten zwischen Furcht und Faszination.

„Ist da jemand?“

Keine Antwort.

„Wer bist du und was willst du von mir?“

Täuschte sie sich oder wurden die Umrisse einen Moment lang deutlicher? Es war ein junger Mann, kein Zweifel.

„Dorian?“

Jetzt bewegte sich der Schatten und verließ seinen Platz am Fenster. Vic versuchte, ihm zu folgen und ihn nicht aus den Augen zu lassen, was schwierig war. Hatte er sich nach rechts gewandt oder nach links? Sie war sich nicht sicher.

Sie sah ein leichtes Flirren am Fußende des Bettes. Stand er dort? War er näher gekommen?

Vorsichtig, um ihn nicht durch eine heftige Bewegung zu verscheuchen, schlug Vic die Bettdecke zurück. Auf allen vieren kroch sie über die Matratze. Der Schatten rührte sich nicht. Es war, als hätte die Luft schwarze, tanzende Punkte. Vic streckte den Arm aus. Das Herz schlug ihr bis zum Hals.

„Ich weiß, dass du Dorian bist ...“

Sie spürte ein leichtes Prickeln an ihren Fingerspitzen. Das war bestimmt keine Täuschung! Sie fasste sich ein Herz.

„Mary-Lou darf nicht sterben, bitte! Das würde ich mir nie verzeihen!"

Plötzlich hatte sie das Gefühl, dass jemand ihr Haar berührte, ganz leicht darüberstrich. Es war kaum mehr als ein Hauch.

Und dann ein Flüstern.

Du hast keine Schuld!

Vor lauter Aufregung hielt Vic den Atem an.

Ein Blitz und der darauffolgende Donnerschlag ließen den Schatten verschwinden. Der Regen vor dem Fenster rauschte noch heftiger.

„Dorian?"

Nichts.

Victoria sah sich im Zimmer um, aber es war niemand mehr da. Er war gegangen.

Sie legte sich wieder hin, presste ihren Kopf ins Kissen.

Du hast keine Schuld!

Vor Erleichterung begann sie zu weinen.

In der Küche duftete es nach Kaffee und frischen Brötchen, die Uwe Solling, Stellas Adoptivvater, von seinem sonntäglichen Jogginglauf mitgebracht hatte. Während er im oberen Badezimmer duschte, deckte Stella den Frühstückstisch. Die Zwillinge, dreizehnjährige Ekelpakete im Doppelpack, saßen im Wohnzimmer an der Spielkonsole. Stella hörte die Ballergeräusche und die Freudenschreie. Sie verdrehte die Augen, während sie die Butterdose und die Marmelade aus dem Kühlschrank holte. Die Butter war wieder mal mit Marmelade verkleckert, typisch Zwillinge.

Die beiden Jungs fielen immer darüber her, als würde sie demnächst rationiert, und wenn Stella über die „blutige“ Butter schimpfte, lachten sie nur.

Stellas Adoptivschwester Daniela kam mit verquollenen Augen in die Küche, noch ganz verschlafen.

„Es ist eine echte Qual, so früh aufzustehen!“, beschwerte sie sich, gähnte und ließ sich auf einen Stuhl fallen.

„Warum machst du's dann?“, fragte Stella die Zwölfjährige.

„Weil ich in die Kirche muss, darum. Wenn ich fehle, kriege ich keinen Stempel, und bei fünf fehlenden Stempeln werde ich nicht konfirmiert.“ Daniela fischte sich ein Brötchen aus dem Korb und biss hinein. „Für mich auch Kaffee.“ Sie hielt Stella ihre Tasse hin.

„Mama mag es nicht, wenn du Kaffee trinkst.“

„Mir doch egal. Ich brauch jetzt 'nen Koffeinstoß, sonst penn ich in der Kirche ein.“

Stella seufzte und schenkte ihrer Schwester ein. „Zucker?“

„Bäh, will ich Pickel?“ Daniela führte die Tasse zum Mund. „Wo ist Mama?“

„Noch oben, im Schlafzimmer. Ich glaube, sie macht Yoga. Sonntag ist der einzige Tag, an dem sie dazukommt, sagt sie.“

Daniela stützte müde den Ellbogen auf den Tisch. Dann warf sie einen wütenden Blick in Richtung Wohnzimmer. „Mann, was ist denn das für ein Lärm? Können die Monster nicht mal Ruhe geben? Ich habe Kopfweh!“

„Zu lange Party gemacht gestern?“, fragte Stella.

Daniela sah sie nur genervt an, ohne zu antworten. Stella wusste, dass es in Danielas Freundeskreis nicht gerade zahm herging. Die Eltern hatten gehofft, dass Daniela in der Konfirmantengruppe nette neue Kontakte schließen würde, aber bisher ging sie nur zu den Pflichtveranstaltungen. Und das höchst widerwillig.

„Einen wunderschönen guten Morgen!“ Uwe Solling betrat die Küche, frisch geduscht und mit einem Lächeln.

„Wüsste nicht, was an diesem Morgen schön ist“, knurrte Daniela und drehte den Kopf weg, als ihr Vater ihr übers Haar streichen wollte. „Au Mann, gewöhn's dir endlich ab. Ich bin zwölf, keine drei mehr!“

„Es war herrlich, heute Morgen zu laufen“, verkündete Uwe Solling, ohne sich die gute Laune verderben zu lassen. „Nach dem Gewitter ist die Luft so klar und frisch. Im Park waren kaum Leute, obwohl es nicht mehr regnet. Nur ein paar haben ihre Hunde spazieren geführt.“

„Eines Tages wirst du beim Joggen gebissen“, murmelte Daniela, trank ihre Tasse aus und legte ihr halb gegessenes Brötchen auf den Tisch. „Ich muss jetzt los, sonst komme ich zu spät.“

„Du hast noch massenhaft Zeit“, meinte ihr Vater. „Und wenn du nicht immer so eine Ewigkeit im Bad verbringen würdest, dann ...“

Doch das hörte Daniela schon nicht mehr, denn sie hatte bereits die Küche verlassen.

„Anstrengendes Alter“, stöhnte Uwe Solling.

Stella grinste und setzte sich an den Tisch. „Das hast du bei mir auch schon immer gesagt.“

„Dabei warst du nicht halb so schlimm wie Danni." Er nahm sich ein Brötchen und schnitt es in der Mitte auf. „Und mit dir konnte man wenigstens reden. – Wenn ich mir die Zwillinge und Danni angucke, dann denke ich oft, wir haben Aliens im Haus."

„Ich bin halt anders." Stella tauchte den Löffel in die Marmelade. Sie sah ihren Adoptivvater provozierend an. „Vielleicht bin ich ja der Alien, wer weiß?"

Uwe Solling lachte. „Bestimmt nicht." Er griff nach der Kaffeekanne und schenkte sich ein.

Stella sah auf seine Hand und konzentrierte sich. Ein kleines Spielchen ...

Uwe Solling nahm sich ein Stück Zucker. Dann noch eins. Als das dritte Zuckerstück in den Kaffee plumpste, sagte er verblüfft: „Ups, was habe ich denn jetzt gemacht? Normalerweise nehme ich nur ein Stück Zucker ..."

„Du bist eben ein bisschen zerstreut heute Morgen." Stella konnte sich das Lächeln kaum verkneifen.

„Ah, du denkst, dass ich langsam alt und vergesslich werde?", fragte er amüsiert.

Stella zuckte die Achseln. „Na ja, du wirst dieses Jahr fünfzig ..."

„Ist das schlimm?" Stella sah, dass er den Bauch einzog. „Ich habe immer gedacht, ich hätte mich ganz gut gehalten, oder? ..."

Sie lächelte. „Du bist okay, so wie du bist."

Uwe Solling konnte sein Alter nicht verleugnen. Er hatte nur noch wenige Haare, und diese waren inzwischen grau. In den letzten paar Jahren hatte er auch ein kleines Bäuchlein bekommen, nicht schlimm, aber ein Waschbrettbauch sah eben anders aus. Um seine Augen hatte er viele Lachfältchen. Seine Arme waren muskulös und braun gebrannt, weil er sich als städtischer Gärtner viel im Freien aufhielt. Stella schätzte seinen Humor und seine Art, die Dinge immer von der besten Seite zu nehmen. Zwischen ihm und seiner Frau gab es nur selten Streit; er fand meistens einen Weg, Auseinandersetzungen friedlich zu regeln. Eigentlich war er ein guter Vater …

Endlich tauchte auch Stellas Adoptivmutter auf, Annette Solling. Sie trug einen weißen, knielangen Kaftan mit einem großen Schmetterlingsmotiv auf dem Rücken. Stella und Daniela hatten ihn ihr zu Weihnachten geschenkt. Stella hatte ihn aus Seide genäht, und Daniela, die wunderbar malen konnte, hatte den Schmetterling entworfen und mit Textilfarbe auf den Kaftan gepinselt.

„Hallo, ihr Lieben!“ Frau Solling küsste ihren Mann und dann Stella auf die Wange. Dann setzte sie sich auf einen Stuhl.

„Grüner Tee ist in der Kanne“, sagte Stella.

„Nett, dass du extra welchen für mich gekocht hast.“ Annette Solling strich sich über ihre blonde Kurzhaarfrisur, die ihr viel besser stand als die Dauerwelle, die sie zuvor jahrelang getragen hatte. Sie sah viel jünger und flotter damit aus. „Haben die Jungs schon gefrühstückt?“

„Wenn die spielen, vergessen sie alles.“ Stella stand auf, öffnete die Schiebetür und rief ins Wohnzimmer: „Fütterung der Raubtiere! Wer noch frische Brötchen will, muss sich beeilen!“

Sie erntete zwei zerstreute Blicke und zog die Tür wieder zu. Fünf Minuten später fielen die Zwillinge in die Küche ein, sich gegenseitig boxend und anrempelnd. Felix und Jasper sahen sich so ähnlich, dass Außenstehende sie kaum auseinanderhalten konnten, was sie leidlich ausnützten. Stella hatte jedoch nie Probleme mit der Identität ihrer Adoptivbrüder. Sie wusste immer, wen sie vor sich hatte. Felix war noch eine Spur frecher und aggressiver als sein Bruder. Auch jetzt nahm er keine Rücksicht und fischte sich die letzten beiden Brötchen aus dem Korb.

„Oh nein, mein Lieber, ein Brötchen gibst du an Jasper ab", sagte seine Mutter sofort.

„Der sollte sich lieber an Knäckebrot halten, sonst wird er zu fett", konterte Felix sofort.

„Fett wirst du auch, soviel wie du vor dem Computer sitzt", sagte Stella. „Ein bisschen Sport würde euch beiden nicht schaden."

„Ist ja nicht jeder so verrückt wie du", sagte Jasper und grinste. „Wenn ich von dir erzähle, sage ich immer, dass ich eine total seltsame, völlig irre Schwester habe, die die Wände hochgeht."

Felix, der schon in ein Brötchen gebissen hatte, spuckte vor Lachen ein Stück auf den Teller.

Stella ignorierte ihre Brüder und goss sich noch eine Tasse Kaffee ein. Sie dachte an Severin Skallbrax und fragte sich, wie es wohl wäre, ihn zum Lehrmeister zu haben. Würde sie sich nur ab und zu mit ihm treffen, heimlich, hinter dem Rücken der Familie? Oder wäre es eine offizielle Sache, mit geregelter Arbeitszeit und möglicherweise auch Entlohnung? Dann könnte sie vielleicht ausziehen und sich eine eigene Wohnung nehmen ... Weg von diesen Plagen, die sich unter dem Tisch bereits wieder gegenseitige Fußtritte verpassten!

„Ihr seid wirklich zwei Nervensägen", beschwerte sich Annette Solling. „Könnt ihr euch nicht einmal zusammennehmen? Meine Güte, Uwe, ich frage mich wirklich, warum wir so gestraft werden. Ohne diese Rüpel hätte ich viel weniger graue Haare ..."

„Was soll ich da sagen?" Uwe zupfte spielerisch an einer seiner wenigen Haarsträhnen. „Du kannst deine Haare wenigstens färben, aber ich?"

„Färb sie doch auch", schlug Felix ihm vor, und Jasper ergänzte: „Nein, kauf dir lieber ein Toupet! Ich kann dir eins bei eBay ersteigern."

Die beiden prusteten los.

Stella hatte genug. Sie trank ihren Kaffee aus, räumte ihre Tasse und den Teller in die Spülmaschine und verließ die Küche, um in ihr Zimmer zu gehen. Es war ein großer Raum, den sie sich mit Daniela teilte. Uwe Solling hatte schon überlegt, eine Zwischenwand einzuziehen, damit jede der beiden ihr eigenes Reich hatte, aber damit war der Hausbesitzer nicht einverstanden gewesen. Manchmal wünschte sich Stella, in einer Villa zu wohnen wie Vic und ihre Mutter. Aber als städtischer Gärtner verdiente ihr Adoptivvater nicht genug, und Annette Sollings Einkommen als freiberufliche Feng-Shui-Beraterin war auch mehr als mager ...

Stella war gerade dabei, ein neues T-Shirt und Shorts aus

dem Schrank zu nehmen, als ihr Bruder Felix ins Zimmer hereinstürzte.

„Schon mal was von Anklopfen gehört?", fragte Stella spitz.

Felix grinste. „Ich will mir nur was zum Lesen von dir ausleihen." Dann lief er zielstrebig auf das Regal zu, in dem Stella ihre Splatterromane aufbewahrte, und nahm sich einen Packen heraus. Die restlichen Bücher verloren den Halt und fielen um.

„Stopp!", rief Stella verärgert. „Das habe ich dir nicht erlaubt! Die sind nichts für dich!"

Felix reagierte nicht und wollte mit seiner Beute zur Tür hinaus.

Stella runzelte die Stirn und konzentrierte sich.

Stopp! Das tust du nicht!

Felix, die Hand schon an der Klinke, war unfähig, die Tür zu öffnen. Der Arm verkrampfte sich so, dass die Finger die Klinke loslassen mussten. Auch seine Beine gehorchten ihm nicht mehr.

Langsam, Schritt für Schritt, zwang Stella ihn mit ihrer Gedankenkraft, ins Zimmer zurückzugehen und die Bücher auf den Tisch zu legen. Dann nickte sie zufrieden, während Felix sie mit schreckgeweiteten Augen ansah.

„Was … was war das eben?", stammelte er.

„Na siehst du, geht doch", sagte Stella und konnte den triumphierenden Tonfall in ihrer Stimme nicht unterdrücken.

„Was hast du mit mir gemacht?"

„Nichts."

„Doch!“ Er starrte sie anklagend an. „Du … du hast mich hypnotisiert. Oder verhext!“

„So ein Quatsch!“, spielte Stella die Sache herunter. Sie nahm die Bücher und stellte sie ordentlich ins Regal zurück. „Das ist keine Lektüre für dich, und damit basta!“

Aber Felix ließ nicht locker. „Wie hast du das eben angestellt? Kannst du mir den Trick auch beibringen?“

„Ich habe nichts gemacht“, log Stella. „Das bildest du dir nur ein.“

„Mein Arm war ganz verkrampft. Ich konnte die Türklinke nicht runterdrücken. Das warst du!

„Spinn weiter!“

„Ich sage es Mama!“

„Das kannst du ja versuchen.“

Felix warf ihr einen zornigen Blick zu und stürmte aus dem Zimmer. Stella atmete erleichtert auf, als er draußen war. Sie nahm sich vor, in Zukunft vorsichtiger zu sein. Felix war verdammt hartnäckig, und er würde alles tun, um herauszufinden, was sie mit ihm angestellt hatte. Er durfte keinen Verdacht schöpfen. Wenn er hinter ihre Fähigkeit kam, würde er es überall herausposaunen – und das konnte sie in Teufels Küche bringen. Stella biss sich auf die Lippe. Sie hätte sich nicht dazu hinreißen lassen dürfen. Aber sie war sehr eigen, was ihre Splatterromane anging. Felix musste endlich lernen, anderer Leute Eigentum zu respektieren.

Stella schlüpfte rasch in ihr T-Shirt und in die Shorts, zog ihre neuen Sportschuhe an und ging nach unten. Laufen würde ihr einen klaren Kopf bescheren, und den brauchte sie jetzt ganz dringend … Sie musste raus und ihre Gedanken ordnen.

Dorian war wieder weg. Mary-Lou spürte sehr deutlich, dass er sie verlassen hatte. Wann würde er wiederkommen? Sie kam sich vor, als befände sie sich unter Wasser. Sie ließ sich von einer warmen Strömung treiben, ohne zu wissen, wohin es ging. Manchmal hatte sie den Eindruck, dass sie nur aufzutauchen brauchte, um wieder in die reale Welt zurückzukehren. Doch so, wie es im Moment war, war es angenehm. Sie fühlte sich geborgen. Es war warm und bequem, sich so treiben zu lassen. Sie wollte nicht in den kalten weißen Raum zurückkehren, wo sie lag – und wo Maschinen ihren Körper am Leben erhielten.

Stefan … Sie dachte daran, wie sie ihn gesehen hatte. Er lag in seinem Bett, die Decke verdreht, den Kopf auf dem Kissen … Seine Locken hingen ihm in die Stirn, und an den Schläfen hatten sich kleine Schweißtropfen gebildet. Auf den Wagen klebten noch Pflaster und eine Platzwunde am Kinn war mit zwei Stichen genäht worden. Er schlief unruhig, warf sich immer wieder hin und her. Manchmal murmelte er etwas, was Mary-Lou nicht verstehen konnte.

Sie stand an seinem Bett und streckte die Arme aus, um ihn zu berühren. Aber ihre Finger hatten nichts gespürt, waren einfach durch Stefans Körper hindurchgegangen. Mary-Lou hatte ihre Hände erschrocken zurückgezogen und sich damit begnügt, Stefan zu beobachten – den Jungen, in den sie so verliebt war.

Wovon er wohl träumte? Und ob er sich Sorgen um sie

machte? Würde er sie im Krankenhaus besuchen, um zu sehen, wie es ihr ging? Aber man würde ihn wahrscheinlich nicht zu ihr auf die Intensivstation lassen, weil er kein Familienangehöriger war ...

Warum hatte ihr nächtlicher Ausflug so geendet? Mary-Lou hätte sich ohrfeigen können, dass sie zu ihm aufs Motorrad gestiegen war, anstatt Stefan am Fahren zu hindern. Ihre Freundinnen hatten sie vor dem Unfall gewarnt. Aber nachdem die kritische Uhrzeit vorbei war, hatte Mary-Lou gedacht, dass nichts mehr passieren würde. Ein verhängnisvoller Irrtum ...

„Willst du die ganze Nacht an seinem Bett stehen bleiben?“, hatte Dorian schließlich gefragt.

„Warum kann ich ihn nicht berühren?“

„Das geht nicht in dem Zustand, in dem du gerade bist. Um ihn anzufassen, musst du ins Leben zurückkehren.“

„Meinst du, unsere Liebe hat eine Chance?“, hatte sie ängstlich gefragt. „Ich bin zwar mit ihm im Kino gewesen, aber ich habe keine Ahnung, was er für mich empfindet.“

„Ich weiß es auch nicht“, sagte Dorian. „Aber du bist ein hübsches Mädchen, Mary, und ich kann mir schon vorstellen, dass sich ein Junge in dich verliebt.“

„Du findest mich wirklich hübsch? Ehrlich? Oder sagst du das nur, weil du mein Bruder bist und mich aufmuntern willst?“

Ihr Aussehen war Mary-Lous wunder Punkt. Sie hatte tausend Sachen an sich auszusetzen. Ihre Körpergröße. Sie fand sich mit 1,53 Meter viel zu klein. Daran würde sich wohl auch nichts mehr ändern, denn in den letzten beiden Jahren war sie keinen Millimeter mehr gewachsen. Vic und Stella versicherten ihr zwar immer wieder, dass sie das nicht schlimm fanden und dass kleine Frauen bei Jungs und Männern automatisch Beschützerinstinkte auslösten. Aber Mary wäre lieber zwanzig Zentimeter größer gewesen …

Das nächste Problem war ihre Haut, die sehr hell und empfindlich war. „Wie Porzellan", sagte ihre Mutter manchmal. Doch Mary bezeichnete ihre Haut eher als „käsig". Im Sommer wurde sie nie richtig braun. Und wenn sie nicht aufpasste, dann holte sie sich leicht einen fetten Sonnenbrand.

Dann die Haare. Das Kupferrot war an und für sich eine tolle Farbe, aber leider waren Mary-Lous Haare dünn und strohig. Mehr als ein Frisör hatte sich daran die Zähne ausgebissen. Eine vernünftige Frisur war fast unmöglich, und das Einzige, was einigermaßen gut aussah, war der fransige Kurzhaarschnitt. Mary hätte gerne eine üppige Wallemähne gehabt, schulterlang oder sogar bis zur Hüfte. Aber dafür fehlte ihren Haaren die Fülle. Mary-Lou hatte vor, sich eines Tages Extensions machen zu lassen, sobald sie das nötige Geld dafür hatte. Ihre Disziplin, was das Sparen anging, ließ jedoch zu wünschen übrig, denn die Verlockungen waren groß, was neue Computerprogramme und Tools anging.

Was ihr Aussehen betraf, hielt sich Mary-Lou bestenfalls für durchschnittlich. Außergewöhnlich dagegen waren ihre Qualitäten als Hackerin. Und auch ihre Ballettlehrerin hatte ihr versichert, dass sie ein großes Talent war. Sie redete immer wieder auf Mary-Lou ein, das Tanzen doch zu ihrem Beruf zu machen und auf ein spezielles Internat zu gehen, wo man ihre Begabung fördern würde. Aber Mary-Lous Eltern waren strikt dagegen. Tanzen sei ein schönes Hobby, aber nichts fürs Leben, meinten sie. Herr Brecht formulierte es sogar noch härter: „Mit spätestens dreißig hast du in dem Job kaputte Knochen, und du kannst sehen, wo du bleibst. Für eine vernünftige Ausbildung ist es dann zu spät …“

Mary hatte noch keine Ahnung, was sie beruflich machen wollte. Auf alle Fälle wollte sie ein abwechslungsreiches Leben haben. Sie wollte keinen Job, bei dem ein Tag wie der andere ablief und alles in Routine versank. Am liebsten wäre ihr ein Beruf, bei dem sie viel reisen und die Welt sehen konnte. Und eine Arbeit, bei der sie beweisen konnte, dass sie besser war als andere.

Später, in Zukunft … da dämmerte ihr wieder, in welchem Zustand sie sich gerade befand. Einem angenehmen Zustand, verlockend, ihn für immer anzunehmen. Selbst ihre Sehnsucht nach Stefan fühlte sich so erträglicher an. Sie konnte ihn jederzeit sehen, ihn überallhin begleiten, ohne dass sie sich erst mit ihm verabreden musste. Das einzige Manko war, dass er ihre Anwesenheit nicht bemerken würde.

Sollte sie ins Leben zurückkehren? Auftauchen aus diesem angenehmen verschwommenen Zustand? Sich dem Alltag wieder stellen, der Schule, dem Balletttraining? Sie dachte an ihre Freundinnen, die sich jetzt ohne sie im *Crazy Corner* treffen würden, an ihren leeren Platz im

Klassenzimmer. Ihre Mutter würde wahrscheinlich vollkommen durchdrehen, wenn sie ein weiteres Kind verlor. Sie hatte nach Dorians Tod eine lange Therapie machen müssen, um den Verlust ihres Sohnes zu akzeptieren und damit zurechtzukommen. Selbst jetzt gab es noch Phasen, in denen Frau Brecht tagelang in Depressionen und Teilnahmslosigkeit versank. Mary-Lou wusste, dass ihre Mutter auch heimlich trank. Wie hoch der Alkoholkonsum war und ob sie schon die kritische Grenze zur Abhängigkeit erreicht hatte, wusste Mary-Lou nicht – und wollte es auch gar nicht wissen, um sich nicht auch noch für ihre Mutter verantwortlich fühlen zu müssen. Marys Tod wäre eine Katastrophe für die Familie, und besonders für Adrian, der vermutlich endgültig auf der schiefen Bahn landen würde, wenn seine Schwester ihm nicht ab und zu den Kopf zurechtrückte …

Ich darf nicht sterben!

Mary-Lou versuchte, ihren Lebenswillen zurückzugewinnen. Sie war erst sechzehn, und es gab so vieles, was sie noch nie ausprobiert hatte. Sie hatte noch nie mit einem Jungen geschlafen. Sie hatte noch nie bei einer Aufführung die Hauptrolle getanzt. Bis auf einen Dänemark-Urlaub mit ihren Eltern war sie noch nie im Ausland gewesen. Paris wartete, London, New York … Sie hatte schon mit Vic und Stella Pläne gemacht und für die Sommerferien hatten die Mädchen einen Trip nach Frankreich ins Auge gefasst. Mary-Lou dachte an Paris, an die Straßencafés, wo man herrliche Eisbecher löffeln und dabei die Passanten beobachten konnte, an das quirlige Durcheinander, an den

Eiffelturm … Vielleicht würde sie auch mit Stefan dorthin fahren können, auf seinem Motorrad … Sie musste leben!

Verzweifelt versuchte sie, aus dem schläfrigen Zustand aufzutauchen und an die Oberfläche zu gelangen. Doch es war nicht so einfach, wie sie es sich vorgestellt hatte. Etwas schien ihren Kopf unter Wasser zu drücken und zu verhindern, dass sie nach oben kam. Es war so mühsam, so anstrengend. Schon der Wunsch aufzuwachen machte ihr Denken schwerfällig und klebrig wie Kaugummi, und eine Stimme in ihrem Kopf flüsterte ihr zu: *Lass es! Unternimm nichts. Es hat doch keinen Zweck. Alles ist gut, so wie es ist, du hast keine Schmerzen … Du kannst schlafen …*

Die Versuchung, der Stimme zu gehorchen und sich von ihr einlullen zu lassen, war groß. Mary-Lou fühlte sich kraftlos und ließ sich treiben. Ihre Gedanken zerflossen, wurden eins mit der Umgebung, sie löste sich auf, war alles und nichts zugleich. Erinnerungen spielten keine Rolle mehr, Bilder und Gesichter wirbelten wie Konfetti an ihr vorbei, flockig leicht, ohne Bedeutung.

„Mary! Mary! Kannst du mich hören?“ Immer wieder flüsterte Frau Brecht den Namen ihrer Tochter. Seit Stunden saß sie an ihrem Bett, hielt ihre Hand und hoffte auf ein Zeichen, dass sich Mary-Lous Zustand verbesserte.

Herr Brecht, der hinter seiner Frau auf einem Stuhl saß, seufzte leise. Er stand auf und bewegte seinen Körper, der vom langen Sitzen steif geworden war.

„Ich hole mir jetzt einen Kaffee. Möchtest du auch einen? Und vielleicht ein belegtes Brötchen?"

„Danke, ich brauche nichts." Frau Brecht schüttelte den Kopf.

„Aber du musst etwas zu dir nehmen. Heute Morgen hast du nicht gefrühstückt. Es bringt niemandem was, wenn du jetzt auch noch zusammenklappst. Adrian und ich, wir brauchen dich."

Frau Brecht sah kurz auf und lächelte ihren Mann an. Ihr Blick wirkte geistesabwesend.

„Also, ich schau mal, was ich auftreiben kann. Möchtest du lieber Käse oder Schinken?"

„Käse."

Herr Brecht verließ leise das Krankenzimmer und Frau Brecht wandte sich wieder ihrer Tochter zu. Gleich darauf kam eine Schwester herein, um eine neue Infusionsflasche aufzuhängen.

„Glauben Sie, sie wird wieder aufwachen?", fragte Frau Brecht mit banger Stimme.

„Das kann ich nicht sagen, aber wir dürfen die Hoffnung nicht aufgeben." Die Krankenschwester hantierte an den Schläuchen. „Haben Sie schon mit dem Arzt geredet?"

„Der weiß auch nichts Neues." Mary-Lous Mutter merkte, wie ihre Lippen unkontrolliert zu zucken anfingen. Tränen rollten über ihre Wangen. Die Krankenschwester legte ihr tröstend die Hand auf die Schulter.

„Sie sollten sich ausruhen."

„Ich kann nicht schlafen."

„Aber Sie müssen. Der Arzt soll Ihnen notfalls ein Schlafmittel verschreiben. Sie müssen mit Ihren Kräften haushalten."

Merkwürdig, dass die Ärzte und Schwestern besorgter um sie waren als um ihre Tochter ... Frau Brecht sah Mary-Lou an. Wie friedlich sie dalag und wie entspannt ihr Gesichtsausdruck war! So, als wäre es dort, wo sie sich gerade befand, ruhig und angenehm. Nur der Schlauch, mit dem sie noch immer beatmet wurde, störte etwas den Eindruck.

„Mary! Alle machen sich wegen dir Sorgen. Jeder fragt nach dir. Du musst wieder gesund werden, hörst du, Kleines? Ich habe dir dein Lieblingsbuch mitgebracht, *Die geheimnisvolle Insel* von Jules Verne. Das hast du doch immer so gern gehabt. Wenn du willst, lese ich dir ein Stück vor ..." Sie zog eine alte, farbig illustrierte Ausgabe des Buchs aus ihrer Tasche und schlug sie auf. Leise und mit melodiöser Stimme begann sie eine Stelle vorzulesen.

Die Krankenschwester beendete ihre Tätigkeit und hörte kurz zu. Als Frau Brecht aufsah, lächelte sie sie an.

„Nicht gerade die typische Mädchenlektüre, oder?"

„Mary-Lou ist ja auch in jeder Hinsicht ungewöhnlich." Frau Brecht musste sich die Nase putzen und kramte in ihrer Handtasche nach einem Papiertaschentuch.

„Sie kommt bestimmt wieder auf die Beine", meinte die Schwester. „Sie ist ein starkes Mädchen."

Frau Brecht nickte. Die Krankenschwester streichelte noch einmal ihre Schulter, dann verließ sie den Raum und stieß an der Tür fast mit Herrn Brecht zusammen, der mit Kaffee und Brötchen zurückkam.

„Inge, du musst etwas essen. Ich habe ein Brötchen mit Mozzarella und Tomaten, ist das okay?“ Er reichte seiner Frau das Brötchen, das in eine Serviette gewickelt war.

„Danke.“ Frau Brecht legte das Buch zur Seite und aß einige Bissen. Danach trank sie aus dem Kaffeebecher, den ihr Mann ihr reichte, ohne jedoch Mary-Lou aus den Augen zu lassen. Warum reagierte sie nicht? Warum signalisierte sie nicht mit einem Augenzucken oder mit einem Fingerdruck, dass sie die Anwesenheit der Eltern spürte und froh war, dass jemand an ihrem Bett saß?

Aber Mary lag da, als sei sie eine Puppe aus Wachs. Ihr Brustkorb hob und senkte sich im Rhythmus des Beatmungsgeräts. Frau Brecht hörte auf zu essen. Sie schmeckte ohnehin nichts und die Bissen schienen ihr im Hals stecken zu bleiben.

Herr Brecht nahm ihr das halb aufgegessene Brötchen ab und streichelte sanft ihren Arm, ohne dass sie es registrierte.

„Sie sieht besser aus als gestern, findest du nicht auch, Inge?“

„Ich weiß nicht“, murmelte Frau Brecht. „Ich kann keine Veränderung feststellen.“ Sie lehnte sich an ihren Mann und ließ ihren Tränen freien Lauf. Er umarmte sie fester.

„Alles wird gut. Du darfst dich nicht so fertig machen. Mach mal eine Pause. Du musst bestimmt auf die Toilette. Ich lese Mary-Lou inzwischen weiter vor. Wie früher, weißt du? Da wollte sie doch auch lieber, dass Papa ihr eine Gutenachtgeschichte vorliest.“

Frau Brecht lächelte bei der Erinnerung. Das waren

glückliche Tage gewesen, noch nicht überschattet vom Unfalltod des älteren Bruders. „Ja, weil sie dich den ganzen Tag nicht gesehen hat."

Sie erhob sich und Herr Brecht nahm ihren Platz am Bett ein. Er wischte sich die Finger an der Serviette ab, bevor er das Buch aufschlug.

„So, kleine Maus, jetzt liest Papa vor. Mama darf Pause machen. Also – wie geht es weiter? – *Es war eine schreckliche Lage, in der sich die Unglücklichen befanden ...*"

Die Stimme ihres Vaters. Und die wohlbekannten Passagen aus einem Buch, das Dorian gehört hatte und das er ihr zu ihrem neunten Geburtstag geschenkt hatte, weil sie die Bilder darin so schön fand und die Geschichte so aufregend war. Dorian hatte ihr manchmal daraus vorgelesen, anstatt Hausaufgaben zu machen und für die Prüfungen zu pauken. Sie hatte auf dem Teppich gesessen, andächtig gelauscht und es genossen, einen großen Bruder zu haben, den sie alles fragen konnte und der ihr immer Auskunft gab. Er erklärte ihr technische Details, die sie nicht verstanden hatte; er schwärmte ihr von fernen Ländern vor und zeigte ihr Bilder davon. Dorian hatte E-Mail-Freunde in aller Welt, die ihm manchmal auch Ansichtskarten schickten. Die Wand hinter seinem Bett war voller solcher Karten, daran erinnerte sich Mary-Lou genau.

„Mary, Mary, Schwesterherz ..."

Sie wandte den Kopf und erkannte Dorian neben sich.

Freudig streckte sie die Hände aus, und ihre Finger umschlossen sich.

„Wo bist du gewesen? Ich habe dich vermisst!“

„Ich musste einiges erledigen, Mary, sorry. Jetzt muss ich ein ernstes Wort mit dir reden als großer Bruder, der sich Sorgen macht.“

Sie lächelte ihn an. Doch seine Miene war ernst.

„Du bist schon sehr weit, Mary. Auf der anderen Seite, meine ich.“

„Was willst du damit sagen?“

„Wenn du so weitermachst, wird es keine Rückkehr mehr für dich geben. Du musst kämpfen, Mary! Ich weiß, dass du dich wohlfühlst und keine Schmerzen hast, so wie es im Moment für dich ist. Ich kann dich zwar verstehen, aber es wäre so schade! Du bist erst sechzehn, hast noch so viel vor ...“

„Was soll ich denn tun, Dorian?“

„Du musst es wollen! Du musst versuchen, das Zwischenreich zu verlassen. Suche einen Weg, einen Ausgang! Noch ist es nicht zu spät ... Hörst du Papas Stimme?“

Mary-Lou lauschte. Zunächst vernahm sie nur ihren eigenen Herzschlag. Das Rauschen ihres Blutes, synchron mit den Wellen, die sie überrollten. Dann, ganz weit weg, wie aus kilometerweiter Ferne vereinzelte Worte. Textpassagen aus ihrem Lieblingsbuch ...

„Geh!“ Dorian löste seine Hände von ihren. „Geh zu ihm, Mary.“

„Aber ich möchte lieber bei dir bleiben.“

„Das geht nicht. Folge der Stimme!“

„Kommst du wenigstens mit, Dorian?"
„Du weißt, dass ich immer an dich denke und dich oft besuchen werde. Nun geh schon, Mary, mach den ersten Schritt!"
Sie versuchte es und konzentrierte sich auf die Stimme ihres Vaters. Aus welcher Richtung kam sie? Von links? Von rechts? Oder von vorne? Die Umgebung schien aus einer zähen Masse zu bestehen. Sie musste an Kuchenteig denken. Er verklebte ihre Augen, ihre Nase, ihre Ohren. Sie konnte die Stimme nicht mehr hören. Es hatte keinen Sinn … Jemand versetzte ihr von hinten einen Stoß.
„Nicht aufgeben, Mary!"
Dorian! Sie blinzelte, wischte über ihre Augen, lauschte. Wieder konnte sie die Worte ihres Vaters hören. Sie schob die zähe Masse zur Seite, kämpfte sich vorwärts. Die Stimme wurde lauter. Ganz nah. Nur noch ein Stück. Gleich hatte sie es geschafft … Doch dann schien sie etwas wieder nach unten zu drücken. Sie wehrte sich. Vergebens. Sie sank … Die Stimme ihres Vaters wurde leiser und leiser.
„Ich … ich kann nicht, Dorian!"
Er war wieder neben ihr, sah sie tröstend an, ohne etwas zu sagen. Dann fasste er nach ihrer Hand.
„Vielleicht ist jetzt nicht der richtige Zeitpunkt. Dann gehst du eben mit mir und wir machen einen Ausflug. Meinetwegen auch wieder zu Stefan. Komm mit!"

Es war kein guter Tag zum Laufen. Stella schwitzte mehr als sonst, was vermutlich an der Luftfeuchtigkeit lag. Aber heute fehlte ihr die Konzentration, und es gelang ihr einfach nicht, den Kopf frei zu bekommen. Außerdem war der Boden nach dem nächtlichen Regen rutschig. Schließlich beschränkte sie sich auf normales Jogging, um in Ruhe ihren Gedanken nachhängen zu können.

Sie musste fast pausenlos an Severin Skallbrax denken. Der gut aussehende Arzt schien sich regelrecht in einem Winkel ihrer Gedanken eingenistet zu haben. Wer war er? Woher kam er und wer war sein Auftraggeber? Und würde er tatsächlich helfen können, was Mary-Lou betraf?

Er faszinierte sie, das musste Stella sich selbst eingestehen. Skallbrax schien ein ungeheures Wissen zu besitzen, nicht nur, was die Medizin betraf. Vor allem schien er sich auf dem Gebiet der Magie auszukennen ... Magie! Wie selbstverständlich dieses Wort inzwischen für sie geworden war!

Noch vor einem Monat hätte sie jedem Menschen, der behauptete, Magie würde existieren, ins Gesicht gelacht. Aber inzwischen hatte sie am eigenen Leib erfahren, dass es Dinge gab, die sich mit dem Verstand allein nicht erklären ließen. Geister, Zeitreisen, Telepathie – war Skallbrax der Schlüssel zu allem?

Stella war am See angekommen und machte eine Pause, um ihre Glieder zu dehnen. Leichter Dunst lag über dem Wasser, und die Sonne, die eben die Wolken durchbrach, schuf eine verzauberte Atmosphäre. Stella hörte mit den Übungen auf und stellte sich vor, wie es wäre, einfach übers Wasser laufen zu können. Oder wie ein Vogel zu fliegen. Nichts erschien ihr jetzt unmöglich. Wenn sie bei

Skallbrax in die Lehre ging, ließen sich vielleicht die physikalischen Gesetze umgehen, wie es ja schon bei Vics Zeitreisen geschah. Es wurde ihr heiß bei diesem Gedanken.

Vorsicht!, ermahnte sie sich selbst. Sie musste ihrer Fantasie Einhalt gebieten, denn sonst würde sie noch überschnappen. Vic war momentan die Einzige, mit der sie über solche Themen reden konnte. Skallbrax natürlich auch, doch er spielte in einer anderen Liga.

Stella begann wieder zu laufen. Das durchgeschwitzte T-Shirt klebte auf ihrer Haut, aber die körperliche Anstrengung tat gut. Sie nahm etwas von dem Druck, der zurzeit auf ihr lastete. Es widerstrebte ihr, vor ihren Adoptiveltern Geheimnisse zu haben. Von ihrem Deal mit Severin Skallbrax durften sie jedoch nichts erfahren. Sie würde sich die Zeit für Skallbrax vermutlich irgendwie abknapsen müssen, würde Ausreden erfinden ... Ihr Vater würde wahrscheinlich ausrasten, wenn er erfuhr, dass sie sich mit einem Mann traf, der viel älter war als sie. Uwe Solling würde sicher vermuten, dass Skallbrax noch ganz andere Absichten hatte. Stella grinste unwillkürlich. Wenn Skallbrax tatsächlich Annäherungsversuche machen würde, wie würde sie dann reagieren?

Sie verbot sich, diesen Gedanken weiterzuspinnen. Es war so schon alles kompliziert genug. Sie lief schneller. Ihre Gefühle waren gemischt. Auf der einen Seite wollte sie gern alles über Magie erfahren, am liebsten sofort, auf der anderen Seite hatte sie auch Angst davor. Wohin würde all das führen? Gab es tatsächlich so etwas wie weiße und schwarze Magie? Und wenn ja, wo stand dann Skallbrax? War er jemand, der seine Seele dem Teufel verkauft hatte – war er der dunklen Seite zugewandt?

Sie hatte inzwischen den ganzen See umrundet und befand sich auf dem Rückweg. Da die Sonne herausgekommen war, war der Park inzwischen belebter. Ein Liebespärchen schlenderte am Ufer des Sees entlang. Eine Familie mit zwei kleinen Kindern machte offenbar einen Sonntagsausflug und suchte ein trockenes Plätzchen für ein Picknick. Ein Schwan ging wütend auf einen Jugendlichen los, der ihn ärgerte. Ganz normale Beobachtungen also – aber Stella hatte den Eindruck, dass sie sich in rasendem Tempo von der Normalität wegbewegte. Sie gehörte nicht mehr dazu. Sie war – *anders*.

Es war schon hart genug gewesen, herauszufinden, dass ihre vermeintlichen Eltern sie adoptiert hatten. Ihre leiblichen Eltern waren tot, sie würde sie nie etwas fragen können. Und jetzt noch das Wissen, dass man bei ihrer Entstehung künstlich eingegriffen und die Gene manipuliert hatte …

REPORT

19. Mai, Sonntag
Signatur: **S.S.**

Experiment *wilde Magie*/ELDORADO
Individuum RN: 2.0
<u>Estelle Lindholm/Estelle Solling</u>
Alter: 16
Größe: 179,5 cm
Gewicht: 58,5 kg
Haarfarbe: blond
Augenfarbe: blau

Charakter:
Estelle, genannt Stella, zeichnet sich durch enorme Konzentration, Willensstärke und Selbstbewusstsein aus. Sie ist neuen Dingen gegenüber äußerst aufgeschlossen, gleichzeitig aber auch skeptisch und vorsichtig. Doch ihr Drang, sich neues Wissen anzueignen, ist überdurchschnittlich groß.
Stella ist mathematisch begabt und verfügt über eine überdurchschnittlich gute Kondition. Sie ist durchtrainiert und ausdauernd, wendig und geschmeidig und dazu auch furchtlos. Sie kann ihre Körperkräfte gut einschätzen.
Stella ist ein soziales Individuum und fühlt sich inmitten anderer Menschen wohl. Sie ist gesellig, schätzt zuweilen jedoch das Alleinsein. Sie nimmt großen Anteil am Schicksal ihrer Mitmenschen, wie

das Beispiel ihrer verunglückten Freundin Marie-Luise Brecht (Individuum RN: 1.0) zeigt.
Stella sucht auch das Besondere, beispielsweise den Nervenkitzel bei Parkour. Die Versuche, für sich und ihre Familie eigene Mode zu kreieren, sind ein weiterer Beweis dafür. Stella will nicht in der Masse oder im Alltag untergehen. Sie sucht Herausforderungen und ist glücklich, wenn es ihr gelingt, sie zu meistern. Dabei ist sie nicht leichtsinnig, sondern wägt das Risiko zuvor ab.

Persönliche Einschätzung:
Diese Eigenschaften machen Stella zu einer idealen Schülerin, die mit dem erworbenen Wissen verantwortungsvoll und zielstrebig umgehen wird. Angetrieben von Ehrgeiz und Neugier, wird sie sich gerne neue Fähigkeiten aneignen und diese so lange üben, bis sie sie quasi im Schlaf beherrscht. Sie hat ihr Temperament unter Kontrolle. Geheimnisse sind bei ihr sicher.

Wilde Magie:
Die Fähigkeit, die sich bei ihr zuerst gezeigt hat, ist die Gabe, andere Menschen mittels mentaler Kraft zu manipulieren. Stella hat diese Fähigkeit entdeckt und sie behutsam trainiert. Sie geht dabei sehr umsichtig vor und schießt nicht über ihr Ziel hinaus. Anmerkung: Estelles leibliche Eltern kamen bei einem Autounfall ums Leben, als sie ein Jahr alt war. Sie saß in ihrem Kindersitz auf dem Rücksitz. Möglicherweise hatte sie schon mit zwölf Monaten starke mentale Kräfte, die sie jedoch nicht kontrollieren konnte. Vielleicht haben diese Kräfte den Fahrer beeinflusst, sodass er von der Fahrbahn abgekommen und gegen einen Baum gerast ist. Die Unglücksursache hat sich niemals eindeutig klären lassen. Man vermutete einen Schwächeanfall oder eine kurze Absence des Fahrers. Während Stellas Kindheit sind nie parapsychologische Besonderheiten aufgetreten. Möglicherweise hat sich

die *wilde Magie* nach dem Unfallschock zurückgezogen. Vielleicht hätte sie sich ohne den Unfall bereits im Kindergarten- oder Grundschulalter zur vollen Stärke entfaltet.

Zusammenfassung:
Estelle Solling verfügt über großes Potenzial, sie ist gleichsam ein magischer Rohdiamant. Durch die richtige Ausbildung kann ihr Talent gefördert werden und zur Reife gelangen.

Montagmorgen. Mary-Lous Stuhl im Klassenzimmer war verwaist, und es gab Victoria einen Stich, obwohl sie versucht hatte, ihre Schuldgefühle abzulegen. Dorian hatte ihr versichert, dass sie nichts dafür konnte und dass es Marys alleinige Entscheidung gewesen war, sich hinter Stefan aufs Motorrad zu setzen. Trotzdem ...

Mit zugeschnürter Kehle setzte sich Vic auf ihren eigenen Platz und begann, ihre Bücher und Hefte auszupacken. In der ersten Stunde war wieder einmal Mathematik an der Reihe. Leider war die Pinkhoff so gut wie nie krank. Die Bakterien und Viren schienen um sie ebenso einen Bogen zu machen wie die Menschen. Vic seufzte.

Stella hatte sich ein wenig verspätet, sie betrat kurz nach dem Läuten das Klassenzimmer. Sie sah blass aus und hatte dunkle Ringe um die Augen. Vermutlich hatte sie auch schlecht geschlafen, genau wie Vic.

Es war ein regnerischer Vormittag, zu kühl für diese Jahreszeit. Frau Pinkhoff knipste das Deckenlicht an, als sie das Klassenzimmer betrat. Mit dem üblichen Schwung knallte sie ihre lila Aktenmappe aufs Pult, während sie die Schüler und Schülerinnen musterte.

„Guten Morgen. Alle da? Nein, wie ich sehe, fehlt Marie-Luise. Nun, die wird vermutlich auch nicht so schnell wiederkommen."

Für diese Bemerkung hätte Vic sie am liebsten geohrfeigt.

„Sie haben sich am Wochenende hoffentlich gut ausgeruht. Wir schreiben eine Arbeit." Frau Pinkhoff öffnete ihre Tasche, holte einen Stapel kopierter Arbeitsblätter heraus und ließ sie verteilen, mit der bedruckten Seite nach unten. Sie überhörte das allgemeine Stöhnen.

„Eine Viertelstunde Zeit. Es sind fünf Aufgaben. Wenn Sie in der vorigen Woche gut aufgepasst haben, dürften Sie damit keine allzu großen Schwierigkeiten haben. – Sind alle Blätter verteilt? Gut, dann dürfen Sie sie umdrehen. Bitte versehen Sie das Blatt gleich mit Ihrem Namen."

Vic nahm den Papierbogen in die Hand und überflog die Aufgaben. In ihrem Kopf entstand sofort ein Gemisch aus Verwirrung und Panik. Sie würde die Arbeit versieben, so viel stand fest, dabei hatte sie gehofft, am Schuljahresende in Mathe mit Ach und Krach eine Drei zu schaffen. In der letzten Woche war einfach zu viel passiert, es gab Wichtigeres als Stochastik ... Sie stellte sich vor, wie es wäre, wenn sie zu Frau Pinkhoff hingehen und sagen würde: *Bitte haben Sie Verständnis, ich habe eben erst entdeckt, dass ich die Fähigkeit besitze, durch die Zeit zu reisen. Das verwirrt mich, und deswegen kann ich mich zurzeit auch nicht auf Stochastik konzentrieren ...* Sie musste unwillkürlich grinsen.

Leider hatte Frau Pinkhoff sie beobachtet. „Sie scheinen die Aufgaben ja ziemlich lustig zu finden, Victoria!"

Kneifzange!, dachte Vic verärgert. Wahrscheinlich hatte Frau Pinkhoff eine sadistische Ader, denn sonst würde sie nicht in der ersten Stunde am Montag eine Arbeit schreiben lassen. Vermutlich freute sie sich schon darauf, schlechte Noten vergeben zu können …

Meine Drei ist jedenfalls futsch, überlegte Vic, während sie sich auf die erste Aufgabe konzentrierte. Doch ihre Gedanken schweiften wieder ab. Wie wichtig waren überhaupt noch gute Noten, seit sich ihr Leben so verändert hatte? Warum hatte man ihr – wenn man schon Experimente mit ihr anstellte – kein Gen eingepflanzt, das sie zu mathematischen Höchstleistungen befähigte?

Vic kaute nachdenklich an ihrem Stift. Skallbrax hatte Stella angeboten, sie zu unterrichten – was immer das auch zu bedeuten hatte. Wozu wollte er sie ausbilden? Was verbarg sich wirklich hinter dem verlockenden Angebot des attraktiven Arztes? Gab es vielleicht andere, weiter reichende Motive, die damals hinter den genmanipulierenden Experimenten der Klinik und den damit verbundenen Wissenschaftlern standen? Vic hatte ein ungutes Gefühl, und eine innere Stimme sagte ihr, dass man bei Skallbrax vorsichtig sein musste …

„Noch zehn Minuten“, tönte Frau Pinkhoffs Stimme durchs Klassenzimmer. „Halten Sie sich nicht mit den Aufgaben auf, die Sie nicht lösen können. Bearbeiten Sie zuerst diejenigen, die Ihnen einfach erscheinen. Weitere Tipps gebe ich jetzt nicht mehr. Neun Minuten …“

Vic starrte auf das Blatt und entschied sich dann, es mit der fünften Aufgabe zu versuchen. *Wie hoch ist die Chance auf den Hauptgewinn, wenn man nicht Lotto 6 aus 49 spielt, sondern Lotto 8 aus 49?*

Sie zermarterte ihr Hirn, um sich an das zu erinnern, was sie von Stochastik wusste, und fing an, Formeln aufs Papier zu kritzeln. Der Schweiß brach ihr aus, obwohl es im Klassenzimmer kühl war. Es wurde ihr wieder schwummrig, und sie fragte sich, was wohl passieren würde, wenn sie jetzt wieder einen Zeitsprung erleben würde … Doch nichts geschah, die Umgebung veränderte sich nicht, und auf dem Blatt warteten noch vier Aufgaben darauf, gelöst zu werden.

Vic hob den Kopf, spielte mit ihren Haaren und schielte unauffällig auf das Papier ihrer Banknachbarin, die fleißig schrieb. Sie erhaschte einen Blick auf eine Formelreihe. Ach ja, richtig, so ging es … Sie begann, die dritte Aufgabe zu lösen, die sich um Kombinationsmöglichkeiten bei einem Tresor drehte. Dämliche Fragen! Mary-Lou wäre bestimmt begeistert; sie liebte es, Passwörter herauszufinden und Codes zu knacken …

Nachdem sie die dritte Aufgabe bearbeitet hatte, linste Vic wieder auf das Blatt ihrer Nachbarin. Sie war überzeugt, sich vorsichtig und unauffällig zu verhalten, aber leider hatte Frau Pinkhoff Adleraugen.

„Victoria!“

Vic schoss die Röte ins Gesicht. Mist! Ertappt! Sie wusste, was das bedeutete: Frau Pinkhoff würde ihr das Blatt abnehmen und die Arbeit mit einer Sechs bewerten. Damit war die Hoffnung auf eine Drei am Schuljahresende endgültig dahin.

Vic sah hilflos zu Stella, die plötzlich sehr gerade auf ihrem Stuhl saß. Ihre Miene war konzentriert.

Frau Pinkhoff wollte etwas sagen, aber es kam kein Wort aus ihrem Mund. Dann griff sie sich an den Hals und fing an zu husten. Wieder setzte sie zu einer Rede an, aber ihre Lippen bewegten sich nur lautlos. Sie stand vor der Tafel, aber dann ging sie – wie fremdgesteuert – zu ihrem Pult, setzte sich und lächelte sogar freundlich. Nur ihre überraschten Augen verrieten, dass sie eigentlich etwas anderes hatte tun wollen.

Victoria entspannte sich. Der kritische Moment war vorüber. Sie blickte wieder auf ihr Blatt, und diesmal fiel ihr bei Aufgabe zwei ganz von allein ein, wie man sie lösen konnte. Schnell begann sie zu kritzeln. Wenn sie drei Aufgaben von fünf gelöst hatte, konnte es mit etwas Glück zu einer Drei reichen …

„Ich war überzeugt, dass die Pinkhoff mir das Blatt abnimmt", sagte Victoria in der Pause zu Stella. „Danke für deine Hilfe!"

Stella lächelte verschmitzt. „Jederzeit gern. Es freut mich, dass ich etwas für dich tun konnte." Sie reckte den Hals. „Und jetzt lass uns zu Stefan gehen. Ich will mit ihm reden. Dort drüben steht er."

Vic folgte ihrer Freundin über den Pausenhof. Stefan Auer stand zusammen mit ein paar Freunden in der Nähe des Haupteingangs. Während die anderen Jungs heftig diskutierten, wirkte er schweigsam und trank nur ab und zu einen Schluck Cola aus der Flasche. Auf seiner Schläfe klebte ein Pflaster und auch seine linke Hand war leicht verbunden. Ansonsten war ihm nicht anzumerken, dass er einen Unfall gehabt hatte.

Stella und Victoria traten zu der Gruppe.

„Hallo, Stefan", sagte Stella. „Können wir dich einen Moment sprechen?"

Stefan warf erst einen Blick in die Runde, wie um seine Freunde um Erlaubnis zu fragen, dann nickte er. „Worum geht's?"

Stella wartete mit der Antwort, bis sie aus der Hörweite seiner Freunde waren. „Wir kommen wegen Mary-Lou."

Stefan verdrehte die Augen. „Mann, ich habe schon genug Ärger wegen des Unfalls. Meine Maschine ist kaputt und Marys Eltern haben mich angezeigt." Er sah erst Stella an, dann Vic. „Was wollt ihr von mir?"

„Wir sind Freundinnen von Mary", antwortete Vic. „Und wir machen uns große Sorgen um sie. Kein Mensch weiß, ob und wann sie aus dem Koma erwacht."

Stefan starrte auf den Boden und scharrte nervös mit dem linken Fuß. „Ja, ich hab's gehört." Er schluckte. „Wollt ihr mir jetzt auch noch die Schuld dafür anhängen, wie alle anderen auch?"

„Wir wollen, dass du Mary hilfst, ins Leben zurückzufinden", sagte Stella und fixierte Stefan.

„Und wie soll das gehen?", konterte er. „Ich bin doch kein Arzt!"

„Aber Mary ist in dich verliebt, und wenn es einen Grund

für sie gibt weiterzuleben, dann bist du das", sagte Stella mit sehr überzeugendem Tonfall.

„Verliebt? In mich?" Stefan tat verwundert, schaute dann betroffen zu Boden.

„Wenn du das noch nicht gecheckt hast, dann tut es mir leid", rutschte es Victoria heraus. „Sie ist schon seit Wochen in dich verknallt und hat ewig gebraucht, um dich anzusprechen."

Mary-Lou wäre vermutlich vor lauter Peinlichkeit im Boden versunken, wenn sie gehört hätte, was Vic gesagt hatte. Vic entschuldigte sich in Gedanken bei ihr. *Ich will dich nicht blamieren, Mary. Ich mache das Ganze nur deinetwegen. Du musst wieder aufwachen …*

Auch Stefan schien das Gespräch unangenehm zu sein. „Ich weiß nicht recht … Sie ist eigentlich nicht so mein Typ, ehrlich gesagt …"

„Mary-Lou ist sehr nett, wenn man sie besser kennt", betonte Vic sofort. Offenbar hatte Stefan nicht dieselben Gefühle für Mary wie sie für ihn. Trotzdem setzte Vic Hoffnung in ihn. Wenn Mary erst einmal wach war, konnten sie und Stefan noch immer klären, was sie füreinander empfanden …

„Du musst sie im Krankenhaus besuchen", sagte Stella zu ihm. „Auch wenn sie scheinbar nicht reagiert, wird sie deine Anwesenheit spüren. Du musst mit ihr sprechen und sie bitten aufzuwachen …"

„He, was ist denn das für ein Film?" Stefan ging in Abwehrhaltung. „Verlangt ihr etwa von mir, dass ich ihr am Krankenbett meine Liebe gestehe, oder was? Ihr seid ja völlig gaga! Außerdem liegt Mary auf der Intensivstation, da lassen die mich sowieso nicht rein."

„Das lass nur unsere Sorge sein." Auf Stefans fragenden Blick hin ergänzte Stella: „Victorias Mutter arbeitet in der Klinik als Chirurgin."

„Ach ja?" Er strich nervös sein Haar zurück.

Vic fragte sich, ob es überhaupt einen Sinn hatte, was sie hier taten. Wenn Stefan nur widerwillig ins Krankenhaus ging, dann würde Mary seine Stimmung bestimmt spüren. Und vermutlich wäre sie dann zutiefst enttäuscht – und würde noch tiefer ins Koma sinken, anstatt zu erwachen.

„Lass ihn, Stella", sagte sie deswegen. „Du siehst ja – er will nicht!"

„Halt, das habe ich nicht gesagt!" Stefan schien mit sich zu kämpfen. „Ich kann sie ja einmal besuchen. Das wollte ich sowieso ..."

„Dann ist es okay." Stella lächelte. „Sag uns, wann du hingehst, damit wir dich begleiten können. Ich meine, damit sie dich dann auch zu Mary lassen ..."

Stefan nickte. Man sah ihm an, dass er sich nicht ganz wohl in seiner Haut fühlte.

„Ist sonst noch was?"

„Meine Handynummer." Stella zog ihr Smartphone aus der Tasche. „Am besten, du speicherst die Nummer gleich in dein Handy ein."

Stefan zog die Augenbrauen hoch, holte aber dann sein Handy hervor und tippte Stellas Nummer in das Gerät. „Alles klar. Ich melde mich."

„Schön." Stella lächelte ihn an.

Stefan machte auf dem Absatz kehrt und ging zu seinen Freunden zurück.

„Na, die große Liebe scheint es von seiner Seite aus nicht zu sein.“ Vic seufzte. „Arme Mary-Lou!“

„Vielleicht entwickelt sich ja noch was“, meinte Stella. „Jungs sind manchmal etwas langsam.“

„Schade, dass wir nicht die Fähigkeit haben, einen Liebeszauber zu bewirken.“

„Ja, das wäre manchmal ganz praktisch.“ Stella blickte etwas verträumt vor sich hin. „Wer weiß, was ich von Severin Skallbrax alles lernen werde.“

„Willst du wirklich zu ihm gehen?“, fragte Victoria.

„Warum nicht?“ Stella blickte ihre Freundin an. „Das ist eine einmalige Chance. Ich will wissen, was alles möglich ist. Und ich will auch herausfinden, wer er ist und was es mit dem Experiment auf sich hat.“

„Kannst du dir sicher sein, dass ...“ Victoria zögerte. „Ich meine, kannst du ihm vertrauen?“

„Etwas Risiko gehört zum Leben, findest du nicht? Aber keine Sorge, ich werde dir regelmäßig Bericht erstatten.“

„Selbst wenn Skallbrax dich schwören lässt, kein Wort zu sagen?“

„Selbst dann.“

Stella hatte Herzklopfen, als sie nach dem Mittagessen in ihr Zimmer ging und Skallbrax' Nummer wählte. Daniela war gerade im Bad unter der Dusche, sie musste die Gelegenheit nutzen. Doch zu ihrer Enttäuschung ging nur die Mailbox an, Skallbrax selbst war nicht zu erreichen.

„Hallo, hier ist Stella. Ich wollte fragen, wann wir uns treffen können. Bitte rufen Sie mich zurück." Sie drückte auf den Aus-Knopf, warf das Handy aufs Bett und legte sich daneben. Noch immer war ihr Puls beschleunigt, und Stella fragte sich, warum sie so aufgeregt war. Normalerweise war sie gegenüber anderen Menschen nicht schüchtern – und Skallbrax würde sie schon nicht fressen. Warum zitterten ihr dann die Knie?

Weil Skallbrax anders ist, gab sie sich selbst die Antwort. Er war geheimnisvoll, und sie konnte ihn nicht einschätzen, obwohl sie seinen Namen inzwischen im Internet gesucht hatte und auf zahlreiche Fachartikel gestoßen war. Diese beschäftigten sich aber ausschließlich mit seinem medizinischen Fachgebiet. Sie hatte sogar mal „Severin Skallbrax" zusammen mit „Magie" in die Suchmaschine eingegeben, aber der einzige Treffer war ein Interview gewesen, in dem Skallbrax gesagt hatte, es sei keine *Magie*, wenn eine Frau Ende vierzig schwanger würde.

Dieser Mann hatte etwas Magisches, Unheimliches, fast wie ein undurchsichtiger Zauberer, der einen in den Bann zog ...

Nach außen hin war Skallbrax also ein ganz normaler, in Fachkreisen anerkannter Arzt und Wissenschaftler. Seltsam war, dass Stella nirgends sein Geburtsdatum gefunden hatte, obwohl es sie brennend interessierte, wie alt er war. Man konnte ihn für Mitte dreißig halten ...

Stella schloss die Augen. Er war mindestens zwanzig Jahre älter als sie, wahrscheinlich noch viel mehr – wenn man davon ausging, dass Vic ihn vor sechzehn Jahren in der Klinik ELDORADO aufgesucht hatte und er damals schon eine leitende Funktion ausgeübt hatte. Dieses Wissen, dass er möglicherweise schon Mitte vierzig oder vielleicht schon fünfzig war, obwohl er jünger aussah, verdross Stella, ohne dass sie sagen konnte, warum. Er würde ihr Lehrer sein. Was spielte das Alter da für eine Rolle?

Vielleicht kam er doch von einem Planeten, auf dem die Leute dreihundert Jahre oder älter wurden ... Ihre Fantasie schlug nun mächtige Kapriolen und Stella musste über ihre eigenen Gedanken lächeln. Aber das Leben hatte in der letzten Zeit die Grenzen der Normalität gesprengt, kein Wunder, dass ihr solche abenteuerlichen Dinge in den Sinn kamen ... Also – wenn Skallbrax theoretisch dreihundert Jahre alt werden konnte, dann war er mit fünfzig ein junger Erwachsener ...

Was will ich mir mit dieser Rechnerei eigentlich beweisen? Dass der Altersunterschied zwischen ihm und mir keine Rolle spielt? Stella grübelte. In diesem Moment klingelte ihr Handy.

Ihr Herz machte einen Satz. Skallbrax rief zurück!

„Stella“, meldete sie sich atemlos.

„Hier ist Stefan.“

„Ach – Stefan, hallo!“ Jetzt erst sah Stella, dass das Display eine unbekannte Handynummer anzeigte, zuvor hatte sie in der Aufregung nicht darauf geachtet.

„Störe ich gerade?“, fragte er.

„Nein, passt schon.“

„Ich hab's mir überlegt. Ich gehe heute Abend in die Klinik, zwischen sechs und sieben.“

Stella räusperte sich. „Mary-Lou wird sich freuen. Bestimmt."
„Ich wollte nur Bescheid geben."
„Wir kommen mit", sagte Stella. „Damit du auch reinkommst."
„Dann treffen wir uns am Eingang? Achtzehn Uhr?"
„Wir werden da sein, Stefan", versprach Stella. Dann fügte sie hinzu: „Danke, dass du sie besuchst."
Ein verlegenes Lachen am anderen Ende. „Ist schon okay. Also – bis später."
„Ciao."
Stella legte das Handy zur Seite. Daniela kam ins Zimmer, ein Handtuch um den Kopf geschlungen. Sie angelte sich den Föhn, der auf dem Regal lag und ihnen gemeinsam gehörte, und begann, sich vor dem Schrankspiegel die Haare zu trocknen. Der Föhn machte einen Heidenlärm, weil Daniela ihn auf die stärkste Stufe gestellt hatte. Und prompt klingelte Stellas Handy.
Diesmal schaute Stella zuerst auf das Display. *Skallbrax' Handy*. Mist, wie sollte man bei dem Lärm in Ruhe telefonieren? Stella flüchtete auf den Gang, verfolgt von Danielas neugierigen Blicken.
„Ja?"
„Hallo, Stella." Wie warm und vertraut seine Stimme bereits klang. „Du hast mich angerufen."
„Stimmt." Eine intelligentere Antwort fiel ihr nicht ein, sie verdrehte die Augen.
„Leider habe ich heute ziemlich lange Dienst, wir haben da einen sehr komplizierten Fall. Aber gegen Abend bin

ich zu Hause. Passt es dir gegen neunzehn Uhr? Ich könnte uns eine Kleinigkeit kochen und dann können wir über alles Weitere reden."

„Super!" Stella kam sich vor wie ein hypnotisiertes Kaninchen. Die Uhrzeit passte gar nicht, sie hatte sich ja mit Stefan verabredet, aber sie wollte Skallbrax wiedersehen, unbedingt.

„Gut, dann bis heute Abend", sagte er. „Sorry, aber ich kann jetzt nicht länger telefonieren, ich freu mich."

„Ich mich auch", erwiderte Stella.

Nachdem das Gespräch zu Ende war, hielt sie das Handy noch eine Weile in der Hand und starrte auf das Display, so als stünde dort die Antwort auf die Frage, was mit ihr los war. Warum war sie so ungeduldig und konnte das Treffen kaum erwarten?

Nein, ich bin nicht verliebt! Er ist einfach ein interessanter Mann, und ich brenne darauf, mehr über ihn zu erfahren. Und über mich. Und über Magie …

Der nervtötende Lärm des Föhns hatte aufgehört. Stella ging in ihr Zimmer zurück. Daniela bürstete ihr üppiges Haar.

„Du strahlst so", stellte sie fest. „War das eben dein Lover?"

„Quatsch. Und wenn es so wäre, ginge es dich nichts an."

Daniela rollte vielsagend die Augen und band ihr Haar dann zu einem Pferdeschwanz zusammen. Stella hockte sich auf ihr Bett und rief Vic an. Sie erklärte ihr, dass sie sich mit Stefan verabredet hatte, aber dass ihr jetzt etwas dazwischengekommen war.

„Lass mich raten. Severin Skallbrax.“
„Genau.“
„Kannst du dich nicht ein anderes Mal mit ihm treffen? Ich glaube nicht, dass Stefan und ich auf die Intensivstation gelassen werden. Neulich hat es ja auch nur geklappt, weil du die Krankenschwester manipuliert hast.“
„Aber deine Mutter kann das doch bestimmt regeln, oder?“ Stella hörte, wie Victoria seufzte.
„Ich kann's ja mal versuchen. Hoffentlich sieht Mum ein, wie wichtig Stefan für Mary-Lou ist …“
„Das wird sie bestimmt. Deine Mutter ist eine kluge Frau.“
„Es wäre mir lieber, du würdest mitgehen.“
„Es tut mir leid, Vic. Du weißt, ich würde es wirklich gern machen, aber …“
„Aber Skallbrax ist wichtiger, ich versteh schon. Sei vorsichtig, Stella. Ich habe so ein Gefühl, dass du dich da auf ein sehr gefährliches Spiel einlässt.“
„Keine Sorge, ich passe schon auf mich auf.“
„Hoffentlich. Rufst du mich an, wenn du zurück bist?“
„Es kann spät werden.“
„Dann schick mir wenigstens eine SMS. Nur, damit ich weiß, dass es dir gut geht.“
Stella lachte. „Ich habe gar nicht gewusst, dass du so eine Glucke bist. Aber kein Problem, ich melde mich.“

Zehn Minuten vor sechs Uhr stand Victoria vor dem Klinikeingang und wartete auf Stefan Auer. Hoffentlich versetzte er sie nicht! Es reichte schon, dass sich Stella ausgeklinkt hatte. Vic war deswegen noch immer ein bisschen

verstimmt, obwohl sie Stellas Beweggründe verstehen konnte. Zumindest teilweise. Ihrer Meinung nach hätte sich Stella auch einen Tag später mit Skallbrax treffen können. Er lief ihr ja nicht weg …

Ihr Interesse an ihm war schon etwas unheimlich. Vic hatte das Gefühl, dass Stella ihr gegenüber nicht ganz ehrlich war. Vielleicht hatte sie sich doch in ihn verliebt und wollte es nur nicht zugeben, weil Skallbrax viel zu alt für sie war …

Vic blickte nervös auf ihre Armbanduhr. Wo blieb Stefan nur? Unruhig ging sie hin und her und beobachtete einen alten Mann im Rollstuhl, der von einer Frau geschoben wurde. Würde Mary-Lou so enden – im Rollstuhl? Ihr Magen verknotete sich bei dem Gedanken. Schnell schaute sie in eine andere Richtung.

Die Rosenrabatten verströmten einen süßen Duft. Vic ging bis zum Ende der Zufahrt. Würde Stefan mit dem Bus kommen? Schließlich war seine Maschine kaputt. Schade, dass sie seine Handynummer nicht hatte!

Nachdem Vic eine halbe Stunde gewartet hatte, war sie überzeugt, dass Stefan es sich anders überlegt hatte.

„Feigling!“, knurrte sie. Was jetzt? Sollte sie allein zu Mary-Lou gehen und sich eine Weile an ihr Bett setzen?

In diesem Moment hörte sie das Geknatter eines Mopeds, das in die Zufahrt einbog. War es Stefan? Sie konnte den Fahrer nicht erkennen, weil er einen Helm trug. Doch dann hielt das Moped bereits neben ihr und der Fahrer schob das Visier nach oben.

„Sorry, dass ich zu spät bin. Aber ich musste mir erst die

Maschine leihen und dann war unterwegs auch noch ziemlich viel Verkehr. – Wartest du schon lange?"

Victoria antwortete nur mit einem Achselzucken. Stefan stellte das Moped auf dem Randstreifen ab, dann gingen sie nebeneinander zum Eingang.

„Stella konnte nicht kommen, ihr ist etwas dazwischengekommen", sagte Vic.

Er nickte, ohne nachzufragen. Insgeheim hatte Vic das Gefühl, dass er erleichtert war, weil Stella nicht dabei war. Wahrscheinlich fühlte er sich durch sie unter Druck gesetzt ...

„Kennst du dich hier aus?", wollte er wissen, als sie die Halle betraten.

„Ja, so einigermaßen. Wir müssen in den dritten Stock." Vic hoffte, dass ihre Mutter inzwischen mit der Intensivstation gesprochen hatte, damit man sie einließ.

Schweigend fuhren sie mit dem Aufzug nach oben. Stefan war nervös, das merkte Vic an seinen hektischen Blicken und an seiner Unfähigkeit, die Hände ruhig zu halten.

„Du magst keine Krankenhäuser?", fragte sie, als sie im dritten Stock angekommen waren und ausstiegen.

„Wer mag die schon?" Er grinste unsicher.

Vic hätte ihm gern gesagt, dass in einer anderen Version der Zukunft *er* es war, der nach einem Unfall im Koma lag und um dessen Leben die Ärzte rangen. Aber wie sollte sie ihm das erklären?

„Es hätte auch dich erwischen können."

„Ich weiß. Wäre vielleicht besser gewesen."

„Red keinen Blödsinn", sagte Victoria schärfer, als sie es

beabsichtigt hatte. „Sei froh, dass dir nicht mehr passiert ist."

„Ich habe Schiss, dass es zu einem Strafverfahren kommt", murmelte Stefan. „Wegen fahrlässiger Körperverletzung."

Vic warf ihm einen Seitenblick zu. „Hast du einen Anwalt?"

„Noch nicht."

„Vielleicht solltest du dich dann mal nach einem umgucken."

Stefan schob die Unterlippe vor. „Das wird teuer und meine Eltern machen schon so Stress."

„Ich weiß, das ist alles nicht schön für dich", murmelte Victoria. „Aber denk doch mal an Mary-Lou. Vielleicht kann sie nie mehr laufen, nie mehr tanzen ..."

„Das alles ist eine einzige Scheiße!" Stefans Tonfall verriet, wie sehr er mit den Nerven fertig war. „Ich habe das nicht gewollt, ehrlich." Er kämpfte gegen seine Tränen an. „Ich mache mir solche Vorwürfe, dass ich durch diesen blöden Wald gefahren bin ..."

Vic legte ihm beruhigend die Hand auf den Arm. „Jetzt mach dich mal nicht verrückt."

„Das sagt sich so leicht." Stefan holte tief Luft.

Inzwischen waren sie bei der Intensivstation angekommen. Vic klingelte. Kurz darauf erschien eine junge Schwester.

„Ja, bitte?"

Victoria erklärte ihr, worum es ging. Offenbar hatte ihre Mutter tatsächlich vorgearbeitet, denn sie wurden eingelassen.

„Die Eltern der Patientin sind erst vor einer halben Stunde gegangen“, berichtete die Krankenschwester. „Sie waren fast den ganzen Tag da. Leider ist Marie-Luises Zustand unverändert.“

Sie bekamen die Kittel, Überzugschuhe und Hauben und mussten ihre Hände desinfizieren, dann durften sie zu Mary-Lou.

Vic erschrak, als sie ihre Freundin wiedersah. Sie wirkte noch blasser als am vergangenen Freitag, so zerbrechlich. Noch immer war sie an zahlreiche Geräte angeschlossen und wurde beatmet.

„Hallo, Mary-Lou“, sagte Vic leise. „Schau mal, wen ich dir mitgebracht habe.“

Stefan stand unsicher neben ihr. Vic sah, wie sich auf seiner Stirn Schweißperlen sammelten. Er war fast so blass wie Mary.

„Ist dir schlecht?“

Er nickte und Vic schob ihm rasch einen Stuhl zu.

„Sorry, ich war noch nie … Ich habe so was nur immer im Fernsehen gesehen …“ Er setzte sich auf den Stuhl. Victoria drückte ihm aufmunternd die Hand.

„Ich weiß, es sieht schlimm aus, aber die Geräte sind notwenig. Sie helfen Mary, wieder gesund zu werden.“ Wie hohl das klang! Aber es brachte gar nichts, wenn Stefan jetzt umkippte …

Nach einer Weile schien er sich etwas gefangen zu haben, denn er ließ Vics Hand los und beugte sich vor zum Krankenbett.

„Hallo, Mary-Lou“, sagte er. „Ich bin’s, Stefan. Ich wollte mal nach dir sehen ..." Er hob den Kopf und blickte zu Victoria. „Kann sie mich überhaupt hören?"

„Ganz sicher." Vic nickte. „Selbst wenn sie nicht reagiert. Sie merkt, dass du da bist, und bestimmt freut sie sich darüber, auch wenn sie es nicht zeigt."

„Es tut mir leid, das mit dem Unfall", murmelte er, den Blick wieder auf Mary gerichtet. „Bitte glaub mir, das wollte ich nicht. Ich dachte, es wäre ganz romantisch, mit dir in dieser Kneipe zu sitzen, im Freien ... Überall Windlichter und über uns die Sterne ... Ich hatte vergessen, dass der Weg so scheiße ist ..." Er fasste behutsam nach Marys Hand, streichelte ungeschickt ihre Finger. „Ich bin so ein Idiot ..."

Victoria beobachtete die Umgebung des Krankenbetts. Diesmal konnte sie Dorians Schatten nicht ausmachen. War er hier? Oder hatte er Mary-Lou inzwischen aufgegeben?

„Bitte, Mary", sagte Stefan mit eindringlichem Tonfall. „Du darfst nicht sterben! Du musst wieder gesund werden. Wir ... wir haben doch noch so viel vor! Ich will dich tanzen sehen ... Und wenn mein Motorrad wieder okay ist, dann könnten wir auf Tour gehen ... Ich könnte mir ein Zelt von einem Kumpel borgen ..."

Wieder sah er verunsichert zu Vic. „Ich rede wohl ziemlichen Mist, wie?"

Sie schüttelte den Kopf. „Nein, gar nicht." Sie schluckte. „Hauptsache, du meinst es ernst. Ich glaube, sie kann spüren, wenn du lügst."

„Ich lüge nicht", sagte Stefan, und Vic sah, wie seine Augen glänzten. Ihr wurde warm im Bauch. Offenbar meinte er es ehrlich. Vielleicht hatte sie seine ruppige Art falsch interpretiert, und Stefan empfand mehr für Mary-Lou, als sie dachte.

Er streichelte Mary-Lous Handgelenk. „Sie sieht so winzig aus, wie sie daliegt“, flüsterte er. „Am liebsten würde ich sie in den Arm nehmen und beschützen. Vor solchen Trotteln wie mir.“

„Hast du das gehört, Mary-Lou?“, fragte Vic. „Wach auf, damit ihr eine zweite Chance bekommt!“

Stella schob den Teller von sich. „Ich bin pappsatt“, erklärte sie. „Es war sehr lecker!“

„Darf ich dir noch etwas Wein nachschenken?“, fragte Severin Skallbrax und hatte die Rotweinflasche schon in der Hand.

„Aber höchstens halb.“ Auch das erste Glas hatte Stella mit Wasser verdünnt, weil sie einen klaren Kopf behalten wollte.

„Ganz wie du wünschst.“ Er lächelte sie an. „Du ahnst nicht, wie sehr ich mich darüber freue, dass du mit mir zusammenarbeiten willst. Du wirst es nicht bereuen.“ Er schenkte ein, dann stießen sie noch einmal an.

„Denken Sie noch an Ihr Versprechen?“, fragte Stella, als sie das Glas zurückgestellt hatte. Sie spürte die Wirkung des Alkohols.

„Dass ich deiner Freundin helfe?“

„Ja."
„Das habe ich nicht vergessen." Er stand auf und begann, im Raum auf und ab zu gehen.
„Wie funktioniert das?" Stella spürte, wie sie zunehmend aufgeregt wurde. „Wie wollen Sie das denn machen, meiner Freundin helfen? Senden Sie ihr mental Energie? Oder haben Sie in Ihrem Labor ein neues Medikament für Komapatienten entwickelt?"
Er lachte leise. „Du bist sehr neugierig. Das gefällt mir."
„Das ist keine Antwort." Stella setzte sich kerzengerade hin. „Ich möchte jetzt endlich wissen, wer Sie sind."
Er nahm ihr gegenüber Platz. „Ich bin kein Alien, falls du das wirklich denkst."
„Wer sind Sie dann?"
„Kannst du dir vorstellen, dass neben der Welt, wie du sie kennst, eine zweite existiert? Sozusagen parallel? In der manche Dinge ähnlich, andere aber ganz unterschiedlich sind?"
„Vorstellen kann ich mir eine Menge, aber ich will die Wahrheit wissen."
„Nun gut. Stell dir vor, dass ich aus dieser Parallelwelt komme. Der Hauptunterschied zu eurer Welt ist, dass es in meiner Welt Magie gibt und man mit magischen Fähigkeiten geboren wird. Ich bin ein *Homo sapiens magus*. Wir sind euch Menschen sehr ähnlich und wir hatten früher auch gemeinsame Vorfahren."
Stella starrte ihn an. „Eine Parallelwelt?"
„Ja."
Sie griff nach ihrem Glas und trank es in einem Zug aus.

Diese Neuigkeit musste sie erst verdauen. Eine Welt, in der Magie eine Rolle spielte ... Sofort tauchten neue Fragen auf.

„Gibt es einen Zugang zu dieser Welt? Wie kommt man dorthin? Werden Sie mich in Ihre Welt mitnehmen?“

„Sachte“, bremste er sie. „Der Weltenwechsel ist möglich, aber er ist nicht ganz einfach. Und keine Sorge, zunächst unterweise ich dich hier. Du musst dich nicht von deinen Freundinnen oder von deinen Eltern trennen.“

„Weshalb gab es diese Experimente? Was war wirklich der Hintergrund dieser Versuche, damals vor sechzehn Jahren?“

„Es wurden tatsächlich Gene manipuliert. Allerdings anders, als du es dir bis jetzt vorgestellt hast. Wir haben magisch besetzte Gene in euren Genpool integriert, um zu sehen, ob sich auf diese Weise neue Richtungen der Magie entwickeln“, antwortete Skallbrax ernst. „Und das Experiment scheint zu gelingen. Bei euch drei Mädchen zeigen sich drei unterschiedliche Erscheinungsformen von *wilder Magie*, wie wir diese neuen, noch ungestümen Kräfte nennen. Es sieht alles sehr vielversprechend aus.“

In Stellas Kopf drehte es sich. Das kam nicht nur vom Alkohol, sondern von den unglaublichen Neuigkeiten, die sie gerade erfuhr.

„Du musst keine Angst haben“, versicherte er ihr. „Ihr werdet lernen, mit euren Kräften umzugehen. Und ein bisschen können wir beide schon damit anfangen. Du kannst mir helfen, deine Freundin zu heilen.“

„Wie soll das gehen?“, flüsterte Stella.

Er erhob sich, kam um den Tisch herum und trat vor sie. „Steh auf."

Sie gehorchte.

„Fass mit beiden Händen meine Schläfen an. Ich werde dasselbe bei dir tun. Wir werden unsere mentalen Kräfte vereinen. Du wirst an deine verletzte Freundin denken. Stell sie dir genau vor, wie sie in ihrem Bett liegt. Und dann wirst du ihr in Gedanken sagen, dass sie aufwachen soll. Du wirst dieselbe Technik anwenden wie bei deinen Manipulationsversuchen. Nur, dass du Mary nicht direkt vor dir hast, sondern lediglich in deiner Vorstellung. – Alles verstanden?"

Stella nickte.

„Dann lass uns beginnen."

Sie hob die Arme und berührte mit den Fingerspitzen seine Schläfen. Seine Hände glitten über ihren Kopf und ruhten sanft auf ihrem Gesicht. Die Berührung war angenehm und elektrisierend zugleich. Sie spürte die Wärme, die von seinen Fingern ausging.

„Schließe die Augen."

Sie tat es und stellte sich Mary-Lou vor, wie sie sie zuletzt gesehen hatte. Sie erinnerte sich an die Geräte, an den Schlauch, mit dem ihre Freundin beatmet wurde. Das Bild war anfangs verschwommen, wurde aber zunehmend deutlicher. Schließlich sah sie alles ganz klar vor sich und glaubte sogar, das elektronische Piepsen zu hören. Und sie spürte Skallbrax' Präsenz. Er war in ihrem Kopf und im Krankenzimmer, als mächtige Energie …

Sprich mit Mary …

„Hallo, Mary“, sagte Stella mit geschlossenen Augen. „Kannst du mich hören? Wach auf, Mary, bitte! Du kannst es, wenn du willst! Hab Vertrauen! Wir sind bei dir. Wir helfen dir …“

Mary-Lous Lider zuckten und öffneten sich einen Spalt. Ihre Finger fingen an, sich zu bewegen, als würden sie nach etwas suchen …

„Du schaffst es, Mary-Lou!“, sagte Stella hoffnungsvoll. „Komm, wach auf! Es ist nur noch ein winziger Schritt!“

Sie fühlte Skallbrax’ magische Kraft. Das Krankenzimmer war in helles blaues Licht getaucht. Alles fühlte sich warm und gut an.

„Sie hat eben meine Finger gedrückt!“, stieß Stefan überrascht aus.

„Bist du sicher?“ Victoria wurde ganz aufgeregt. Doch dann sah sie es selbst. Mary-Lous Finger bewegten sich und schlossen sich um Stefans Hand.

Ihre Lider flatterten, öffneten sich einen Spalt.

Victorias Finger krallten sich in Stefans Arm, ohne dass sie es merkte.

„Sie wird wach!“, japste sie. „Oh Stefan, wir haben es geschafft!“

Mary-Lou schlug die Augen auf. Ihr Blick war ganz klar und sie lächelte.

Band 2

ISBN 978-3-7607-8468-7

Verliebt in einen Geist?
Victoria fühlt sich von Dorian, Mary-Lous Bruder, magisch angezogen. Doch er ist ein Geist, und in ihn verliebt zu sein, birgt ungeahnte Tücken. Dorians Berührungen sind kaum zu spüren. Das will Victoria unbedingt ändern und ist fest entschlossen, ihr Ziel zu erreichen. Dabei schreckt sie auch vor schwarzer Magie nicht zurück …